BUR
Rizzoli

Dello stesso autore in BUR Rizzoli

Le allegre comari di Windsor
Amleto
Antonio e Cleopatra
La bisbetica domata
Come vi piace
Commedie romantiche
Coriolano
Cymbeline
La dodicesima notte
Doppia falsità
Enrico IV (Parte I-II)
Enrico V
Macbeth
Il mercante di Venezia
Misura per misura
Molto strepito per nulla
Otello
Re Lear
Riccardo II
Riccardo III
Romeo e Giulietta
Sogno di una notte di mezza estate
Sonetti
La tempesta
Tito Andronico
Tragedie
Tutto è bene quel che finisce bene

William Shakespeare

GIULIO CESARE

Introduzione, traduzione e note
di Gabriele Baldini

Testo inglese a fronte

BUR Rizzoli classici

ISBN 978-88-17-12294-8

Titolo originale dell'opera:
Julius Caesar

Prima edizione BUR 1981
Ventunesima edizione BUR Classici marzo 2017

NOTA INTRODUTTIVA

Il *Julius Cæsar* fu stampato per la prima volta nel 1623, nel primo in-folio, che ha da restar, così, l'unica fonte del testo. Né le successive tre ristampe dell'in-folio, né quattro in-quarto pubblicati verso la fine del secolo, nel 1684, nel 1691 e in altre due occasioni per le quali non è possibile stabilire una data precisa, offrono alcun interesse per la critica del testo, sebbene, a partire dal secondo in-folio, ci si possa valere, qua e là, di qualche correzione di semplici refusi: nulla, tuttavia, che anche un lettore di media informazione non possa fare da sé.

Difatto, la stampa nell'in-folio del '23 del *Julius Cæsar* è eccezionalmente corretta e nitida, non solo nei particolari, ma anche nell'insieme, che prevede delle didascalie singolarmente pertinenti e precise, che si giova di una punteggiatura — contrariamente all'uso dei testi dell'in-folio — coerente e significativa, per cui soltanto in pochissimi luoghi si può generare confusione, e che da ultimo presenta solo pochi casi di «mislineation», e cioè di irregolarità nell'allineatura — passi in versi, cioè, stampati come prosa — dovuti non già a una cattiva lettura della copia, ma solo all'angustia della colonna. Per tutte queste ragioni, gli editori di Cambridge credettero di trovarsi di fronte a uno di quei casi in cui la fonte della stampa doveva identificarsi con il manoscritto dell'autore. Il Dover Wilson e il Greg, invece, poterono dimostrare che, per la presenza di didascalie tipiche di copioni per uso teatrale e per la sistematica assenza di caratteristiche ortografiche da riferirsi direttamente all'uso shakespeariano, il manoscritto, per quanto curato, non poteva essere quello originale. Il Dover Wilson, inoltre, non crede nemmeno che si tratti del copione d'uso originale, ma d'una sua trascrizione che ha permesso, qua e là, al testo di subire alcune corruzioni. Non si deve ritenere probabile, pensa infatti il Dover Wilson, che la compagnia si separasse dal copione originale per mandarlo alla tipografia. Veramente questo argomento tiene poco: seppure la compagnia tollerò di separarsi da tanto documento, lo fece a un dipresso dopo un quarto di secolo dopo le prime rappresentazioni del dramma, in un'epoca in cui era più interessante per la compagnia stessa – rappresentata, nell'impresa della stampa, da Heminge e Condell – che si pubblicassero buoni testi di Shakespeare che non di tener per sé una copia d'un vecchio dramma che, pur se tra i favoriti ed anzi proprio per questo, doveva certamente contare sulla presenza di parecchie e collaudate copie per uso teatrale. Per quanto riguarda l'altra questione, e cioè la corruzione che trasparirebbe in qualche luogo, anche lì si crede che il Dover Wilson tenda a esagerarne l'importanza. Lo stesso T. S. Dorsch, nell'ultima edizione per il New Arden (1955), la ridurrebbe a due casi, e questi si potrebbero, io credo, ridurre ulteriormente. D'un aggiustamento del testo dell'in-folio, recherebbe traccia un celebre passo di Ben Jonson in *Timber: Or Discoveries,&tc* (pubbl. postumo, 1640), la dove, dopo aver lodato i vari talenti del poeta e dell'amico, aggiunge: «Spesso non sapeva fare a meno di lasciarsi andare a scrivere di quelle cose per le quali non si sa trattenere il riso, come quando, in persona di Cesare, a qualcuno che gli obbietta: "Cesare, tu mi fai torto" egli se n'esce a dire: "Cesare non ha fatto mai torto a qualcuno se non per qualche giusto motivo"». Il Jonson ritornò, con umor satirico, nel prologo della sua commedia *The Staple of News* (1626), sulla questioncella, e in un contesto che non lascia dubbii sul fatto che la battuta shakespeariana cui si riferisce doveva esser ben nota, e correr sulle bocche di tutti. Ora, come si può vedere in III, I, 47-48 (p. 101), l'in-folio ci dà, del passo, una versione lievemente alterata, e certamente corretta rispetto a quella citata dal Jonson. Tale correzione fu apportata al dramma dallo stesso autore o fu il frutto di un intervento di Heminge e Condell? Se Jonson poteva sfruttare la faccenda per eccitare il riso dei suoi spettatori fin dopo tre anni che l'in-folio era già pubblicato, bisognerebbe credere che di sulle scene, almeno, la battuta infelice continuasse la sua vita innocente. Insieme a una correzione vera e propria del senso – e nell'intento di sanarlo, epperò deliberata – come si può vedere confrontando la citazione del Jonson con il passo originale, sarebbe caduta anche una battuta intermedia di Metello Cimbro. Il testo, dunque, in quel punto, dovette subire un qualche intervento, direi, piuttosto deciso.

Un altro luogo che ha lasciato perplessi i commentatori riguarda l'apparente contraddizione di Bruto che, di fronte a Messala, ignora la morte di Portia in IV, III, 180-94, mentre poco innanzi (vv. 145-56, cfr. pp. 153-55), s'era aperto con Cassio sull'avvenimento. Il passo, per solito, viene spiegato come una variante lasciata per inavvertenza nel manoscritto e, insomma, o l'uno o l'altro – per solito il secondo – dei due passi viene relegato tra parentesi quadre come non propriamente appartenente al corpo vivo del dramma, ma soltanto a una sorta di inventario dei suoi materiali. In realtà la cosa non è cosi semplice: non è da credere che, per tanti anni, il copione continuasse a mantenere le due soluzioni, posto che fossero alterne, senza decidersi a lasciarne cadere una. In secondo luogo è sintomatico che questa contraddizione sia stata sentita in tempi relativamente recenti, e cioè solo alla fine dell'800, da un filologo tedesco, J. Resch, mentre restò inavvertita dalla critica settecentesca, che pure, per quanto riguarda il commento, è sempre quella dalle orecchie più sveglie e pronte. Il caso si spiega, infatti, con un più addestrato e, insieme, fantasioso senso della psicologia, che non solo prevede tali contraddizioni, ma se ne fa addirittura una propria legge. Pure direi che nel passo non vi è nemmeno contraddizione: Bruto non mostra di sapere, con Messala, che sua moglie è morta solo perché intende, per quanto e fino a quando gli è consentito, difendere una sorta di pudore dei proprii sentimenti. Quando capisce che la questione dovrà finire col dichiararsi, è troppo tardi per riconoscere ch'egli ne è già a parte, e deve continuare nel giuoco di fingere d'ignorarla. La situazione è molto semplice e il meccanismo psicologico che la guida è molto naturale, e insomma, l'apparente contraddizione può venir facilmente sciolta più da un attore esperto e dell'arte scenica e delle passioni umane che non da un filologo che tratti la materia clinicamente. Per una discussione più ampia dell'argomento, mi permetto di rinviare alla mia nota «Il pudore di Bruto», in «Nuova Antologia», 1811, novembre 1951.

La corruzione del testo, così, sentita dal Dover Wilson, non andrebbe oltre il caso della correzione, diciamo, affettuosa, operata, come si può congetturare, da Heminge e Condell, per quietare l'umor satirico del Jonson. E, nella sostanza, non induce a mutare la valutazione del testo di questo dramma come d'uno di gran lunga fra i meglio preservati e trasmessi.

Anche la data, come il testo, offre scarsi dubbi. Un viaggiatore svizzero, certo Thomas Platter, che fu in Inghilterra dal 18 settembre al 20 ottobre 1599, segnò queste osservazioni in un suo diario, di poi pubblicato da Gustav Blinz in «Anglia», XXII (1899), 458-62: «Dopo colazione, il 21 settembre, verso le due del pomeriggio, ho attraversato il fiume con i miei amici, e, all'altra riva, nel teatro dal tetto di paglia, abbiamo assistito a una eccellente rappresentazione della tragedia del primo imperatore Giulio Cesare, con un quindici personaggi all'incirca; dopo il dramma, com'è costume di que' commedianti, fu eseguita una danza molto elegante e insieme strana, con due ballerini vestiti da uomini e due da donne». Non potrebbero esservi dubbi che si tratti del *Julius Cæsar* di Shakespeare e del Globe Theatre, che fu iniziato nel gennaio o nel febbraio 1599, e fu terminato di costruire, con ogni probabilità, nella successiva estate, e che naturalmente, anche per questa ragione, si doveva pensare attraesse soprattutto gli stranieri di passaggio. Francis Meres in *Palladis Tamia* non ricorda il dramma, e quindi questo non doveva esser noto prima del settembre 1598. D'altra parte, una allusione molto precisa, quasi una citazione (dell'orazione di Marc'Antonio), contenuta in *The Mirror of Martyrs, &tc.* di John Weever (pubbl. 1601) non ci aiuta gran che nel restringere la data perché, sebbene l'autore, nella dedica a William Couell, dichiari che la sua opera era già completa due anni innanzi di venir pubblicata, e cioè nel 1599, pure essa è talmente rimpolpata di materiali tratti dal *Godfrey of Bulloigne* di Edward Fairfax (una traduzione elisabettiana della *Gerusalemme liberata* del Tasso), che fu disponibile solo dopo il 1600, che l'accenno, come materiale probante per la datazione, è messo fuori causa dal diario del Platter. Il Weever, così, può attestare, del dramma, solo la viva popolarità fin dal suo primo apparire sulle scene. La composizione, a questo modo, si può ragionevolmente assegnare alla prima metà del '99, e se si esita a spostarne la data un po' prima, è anche perché, nel '98, Shakespeare dovette essere intensamente occupato a scrivere almeno la seconda parte di *Henry IV*, *Much Ado*, e *As You Like It*.

La fonte principale del dramma è Plutarco nella traduzione di Sir Thomas North, o nella prima (1579) o nella seconda edizione (1595). I primi tre atti sfruttano le vite di Cesare, di Antonio e di Bruto, e quest'ultima è utilizzata soprattutto per gli ultimi due. La fonte è seguita con molta fedeltà, e si potrebbero ripetere, qui, a un dipresso, le osservazioni già fatte a proposito dell'utilizzazione di Plutarco per il *Coriolanus*, con l'avvertenza che la composizione del *Julius Cæsar* segna il primo incontro importante di Shakespeare con il biografo greco, che il rapporto ha ancora un carattere, in qualche misura, sperimentale e che, insomma, tra la fonte e la sua resa drammatica si nota pure un certo margine d'indipendenza che, in seguito, si potrà ritagliar sempre meno. Un *Caius Iulius Cæsar* che fu aggiunto all'edizione 1587 del *Mirror for Magistrates* poté suggerire – come crede il Dorsch – qualche giro di frase, e si riscontrerebbero, nel dramma, anche echi da altre sezioni del *Mirror*. E, fin qui, il suggerimento è più che ragionevole, data la presenza del *Mirror* tra i materiali essenziali per la composizione delle *Histories*. Ma questa influenza è, comunque, assai poco rilevante, rispetto a quella di Plutarco. Si pensi che questi è sfruttato nei minimi particolari e, sebbene espanso e contratto a seconda che lo richieda l'azione drammatica, mirabilmente fondendosi nella costruzione dei cinque atti un materiale che era seminato, qua e là, in ben tre *Vite* diverse, pure Shakespeare non *inventò*, praticamente, nulla all'infuori dei discorsi di Bruto e di Antonio nel foro: e, tutto sommato, anche per l'impostazione stilistica di questi egli pensò bene di affidarsi a certe osservazioni di Plutarco, là dove, ad esempio, toccando dello stile di Bruto nelle sue lettere greche, il biografo dice ch'egli padroneggiava «il modo breve e compendioso che s'usa nella parlata de' Lacedèmoni», o dove rileva che Antonio coltivava l'oratoria di stile asiatico.

Naturalmente, siccome il tema era stato già trattato da altri drammaturghi prima di Shakespeare, gli eruditi non si son fatti pregare per andare a frugare in tutti i ripostigli più alla mano, al fine di scoprirvi qualche relitto di motivo che potesse aver messo in moto la fantasia del poeta. Ma il raccolto è stato gramo, e praticamente infruttuoso. D'un dramma accademico, *Cæsar Interfectus*, che poté esser rappresentato a Christ Church College, Oxford, nel 1582, ci è pervenuto soltanto un epilogo in prosa latina di un Richard Edes, *fellow* del College, che probabilmente scrisse anche tutt'intero il dramma. Il Diario del Henslowe segna un «seser & pompie» (Cesare e Pompeo) all'8 novembre

1594 e una « 2 pte of sesore » (Seconda parte di Cesare) al 18 giugno 1595, ma poiché di questi drammi non ci è stato tramandato nulla, neppure sotto forma di notizie, non si può dire quanto poterono influenzare Shakespeare. Né si vede in che misura il drammaturgo si poté servire del *Cesare* (1594) di Orlando Pescetti, che costituirebbe l'unica possibile fonte italiana: le due opere si *somigliano* solo perché hanno per oggetto la stessa vicenda e si riferiscono, press'a poco, alle stesse fonti. Il tema della morte di Cesare era parte anche della *Cornélie* (1574) del Garnier, ch'era stata tradotta e adattata ininglese dal Kyd e stampata nel '94, ma né il testo né la traduzione presentano alcuna diretta connessione con il dramma shakespeariano. Tutti i più importanti drammi su quel tema, del resto, son posteriori al '99. In altre parole, fin dal suo primo incontro con Plutarco, Shakespeare aveva inteso perfettamente che per la sua creazione drammatica gli sarebbe bastato fidarsi del biografo greco, e che qualsiasi altra garanzia sarebbe stata superflua.

Strano a dirsi, una tragedia così quadrata e, direi, imprendibile, ha fatto le spese dei disintegratori.[1] Il caso, che fu inaugurato dallo *Shakespeare Manual* di F.G. Fleay nel 1878, si cita solo come curiosità. Ignorando, infatti, l'umor polemico che il dramma aveva destato nel Jonson, il Fleay credeva che *Julius Cæsar* fosse una riduzione, per l'appunto del Jonson, d'una tragedia originariamente composta da Shakespeare. Il Fleay non può portare, naturalmente, nessuna valida ragione all'infuori della sua sensibilità personale, appena suffragata da prove di scarsa validità, come la frequenza di emistichii e l'ortografia « Antony », che si riscontra in Jonson, di contro a quella di « Anthony » che ricorre invece in drammi posteriori di Shakespeare.

Al Fleay segui il « principe dei disintegratori », J. M. Robertson, che sebbene, in partenza, pensasse anche lui a una « compression » del testo shakespeariano da parte di Ben Jonson — ma perché, semmai, non pensare proprio il contrario? — complica le cose in modo incredibile postulando un dramma originario su Giulio Cesare, in tre parti, composto dal Marlowe con l'assistenza del Kyd, del quale la prima parte, intesa a illustrare le guerre tra Cesare e Pompeo, sarebbe stata ripresa nel 1594 dalla Com-

[1]Cfr. le pp. 67-71 dell'Introduzione generale all'opera shakespeariana nel volume *La tempesta*.

pagnia del Lord Ammiraglio; una seconda parte, riveduta dal Drayton, dal Chapman e fors'anche dal Heywood, e corrispondente alla «2 pte of sesore», sarebbe stata rappresentata nel 1595; e una terza parte, infine, che non sarebbe altro se non il «Boocke called sesers falle» (Il copione detto della caduta di Cesare), per il quale, nel 1602, lo Henslowe anticipò dei pagamenti ad Antony Munday, Michael Drayton e John Webster. Shakespeare, secondo il Robertson, intervenne solo nel 1603, con una revisione delle ultime due parti, eseguita in collaborazione con Francis Beaumont, la quale, per essere troppo espansa, sarebbe poi stata condensata, o compressa, dal Jonson, nel 1607. Al Robertson seguì, nel 1923, uno scritto di William Wells sull'autenticità del *Julius Cæsar*, nel quale erano riconosciuti come shakespeariani soltanto i primi 57 versi della prima scena del primo atto, mentre il resto sarebbe stato scritto dal Beaumont. Naturalmente, né Shakespeare né Beaumont avrebbero fatto nient'altro che adattare, rivedere, tagliare, integrare e riscrivere un dramma che era originariamente del Marlowe: il metodo d'indagine si fonda sui «parallel passages». Si può citare, da ultimo, E. H. C. Oliphant, che nel suo libro su Beaumont e Fletcher, sebbene consideri sempre il dramma come una revisione di Shakespeare di un'opera lasciata dal Marlowe, si contenta di ridurre il contributo del Beaumont a pochi tratti, soprattutto in IV, III, e cioè nella scena del colloquio «a ferri corti» tra Bruto e Cassio.

Sebbene né il Garrick né il Kean né l'Irving, tre fra i massimi attori shakespeariani, vi comparissero mai in nessuna delle sue parti, la storia della fortuna teatrale del *Julius Cæsar* è piuttosto ricca. Soprattutto perché, contrariamente all'uso, che non si periterà di violare persino opere come *Lear* o *Macbeth*, il *Julius Cæsar* non sofferse quasi nessuna manomissione di rilievo da parte di adattatori o revisori. Si può dire, infatti, che salvo due periodi piuttosto prolungati – uno di trent'anni all'incirca a cavallo tra il Sette e l'Ottocento, e un altro che tenne quasi tutta la seconda metà dello scorso secolo – il dramma non fu mai assente dalle scene inglesi. Dei versi commendatorii di Leonard Digges, premessi all'edizione dei *Poems* (1640) di Shakespeare, ne attestano la grande popolarità nella prima metà del Seicento e restano tracce anche di rappresentazioni a corte nel 1612-13, nel 1637 e nel 1638.

Con la Restaurazione, il dramma fu assegnato alla King's

Company, e il Downes lo include in una lista dei più importanti quindici drammi elisabettiani che furono ripresi dopo il 1663 a Drury Lane. È documentata una rappresentazione alla presenza del re nel 1676; e quando le due compagnie reali furono riunite in una sola, il dramma fu ripreso a Drury Lane nel 1684, e stavolta con Betterton nella parte di Bruto. L'in-quarto, già citato, del 1684, conferma quel che si è detto a proposito del rispetto che comandava il testo, e difatto vi sono pochissime e insignificanti modifiche, quasi affatto limitate alle parti minori, nell'intenzione, come s'immagina, di ridurre il numero degli attori: la parte di Marullo in I, I, ad esempio, viene sostenuta da Casca, secondo una consuetudine che poi resterà tale fino al Kemble. Il Betterton tornò a recitare la parte di Bruto anche quando formò una compagnia per suo conto a Lincoln's Inn Fields, nel febbraio del 1704, e, più tardi, al Haymarket, nel gennaio 1707. A Drury Lane, il dramma fu ripreso nel 1708, ma senza Betterton – che fu il maggiore interprete di Bruto in questo periodo –, e con Booth (Bruto) e Powell (Cassio). Dopo la morte del Betterton, nel 1710, il dramma non fu mai assente, tranne il 1711, da Drury Lane, fino al 1728, alternandosi nelle varie parti, il Booth, il Wilks, l'Erlington, e il Mills. La compagnia che agiva nel teatro rivale di Lincoln's Inn Fields, anch'essa, non lasciò negletto il dramma, che ebbe undici riprese tra il 1716 e il 1729. Il Quin recitò dapprima nella parte di Antonio e poi in quella di Bruto, e divenne, così, l'unico serio e grande rivale del Booth. Nel '74, il Quin riprese il suo Bruto anche a Drury Lane. Ma sotto il *management* di Garrick, come si è detto, questo teatro non vide alcuna rappresentazione del dramma, nonostante il Garrick progettasse una edizione in cui avrebbe voluto recitare la parte di Cassio. Il Quin continuò a recitare Bruto fino al 1750, in una edizione in cui Peg Woffington recitò nella parte di Portia. La documentazione che affiora da stampe della seconda metà del secolo mostra una certa tendenza alla riduzione dei personaggi e a rifacimenti di scene minori. Ma si tratta sempre di cose marginali, come ad esempio la soppressione della scena del poeta Cinna, la breve scena di Ligario in II, I, la fagocitazione, da parte di Casca, della parte di Titinio oltre che di quella di Marullo, e da parte di Decio Bruto, di numerose battute di Flavio e Trebonio; Trebonio, d'altro canto, fagòcita Cicerone, e l'indovino Artemidoro. Un copione d'uso scenico a Covent Garden del

1773, mantiene, inoltre, certi ampliamenti retorici – non certo felici, ma non tali da snaturare affatto il personaggio, come avveniva di tanti rifacimenti di drammi shakespeariani della Restaurazione e del '700 – nelle battute di Bruto davanti allo spettro di Cesare – che si presenta, per tener fede alla parola, *anche* sul campo di Filippi – e subito innanzi la morte, che erano già in una edizione del 1719 nella quale erano attribuiti, si crede senza nessun fondamento, al Dryden e al Davenant, «late Poets Laureat»; pur se le tracce d'una certa *pruderie* – come Portia che, in II, I, 330, si pugnala nel «braccio» anziché nella «coscia» – possano far pensare a quell'ultimo. A Drury Lane il dramma comparve per un'ultima volta, prima d'una lunga assenza, nel 1780, per sei sere tra il gennaio e il febbraio, con Bensley nella parte di Cassio. John Philip Kemble riportò il dramma sulle scene nel 1812 a Covent Garden e poi sempre ogni anno fino al 1817, recitandovi nella parte di Bruto, insieme a C. M. Young (Cassio), Charles Kemble (Antonio), Egerton (Cesare), e Fawcett (Casca). Mrs Powell e Mrs Weston erano Portia e Calpurnia. Il Kemble seguì la versione leggermente adattata che era in uso nella seconda metà del '700, spingendosi fino a sopprimere IV, I, ma restaurando, fin quasi nella loro semplicità originaria, le battute di Bruto in faccia allo spettro di Cesare e alla morte. C. M. Young passò alla parte di Bruto a Covent Garden, in cinque stagioni, fra il 1819 e il 1827, e a Drury Lane nel 1829, dando l'impressione d'essere il maggiore interprete della parte nell'età romantica. Fu con il Young che si provò nel dramma per la prima volta il Macready, recitando la parte di Cassio, a Covent Garden, nel 1819; e passando, poi, a quella di Bruto nell'ottobre 1836; una parte che restò tra le sue favorite, e che recitò anche al Castello di Windsor davanti alla regina Vittoria e al principe Alberto nel febbraio 1850, con Charles Kean che, nell'occasione, sostenne per l'unica volta, in Inghilterra, la parte di Antonio, che aveva già recitata, con il Macready, negli U.S.A. Il Macready, tuttavia, tornò, qualche volta, anche alla parte di Cassio. L'ultimo Bruto fu da lui recitato nel gennaio 1851 al Haymarket. Samuel Phelps fu sentito e visto anche lui prima nella parte di Cassio (1838, 1839, 1843), sempre con il Macready, e poi nella parte di Bruto, a partire dal 1846, quando assunse il *management* del Sadlers Wells. Fu in quella parte ch'egli si ritirò dalle scene di quel teatro il 6 novembre 1862. Dopo sporadiche e insignificanti brevi riprese, il dramma ricomparve in tutto il suo splendore nella messinscena spettacolare di Sir Herbert Beerbohm Tree, al Her Majesty's Theatre nel 1898, replicandosi per cento sere. Le scene erano di Alma-Tadema. Il dramma fu diviso in tre atti: il primo giungeva fino alla fine di III, I, il secondo comprendeva il resto di III, e il terzo andava da IV, II fino alla fine. Il Tree, come si vede, aveva adottato il partito del Kemble di sopprimere IV, I, ma aveva reintegrato al suo luogo la parte di Ligario in II, I, e la morte del poeta Cinna. Tree, assumendo la parte di Antonio, intese farne il nucleo drammatico dell'opera. Recitarono con lui Lewis Waller (Bruto), Franklin McLeay (Cassio), e Charles Fulton (Cesare). Frank Benson, come il Tree, preferì la parte di Antonio ma toccò nel dramma una sorta di apoteosi solo quando fu creato «knight» da Giorgio V, in occasione delle celebrazioni del terzo Centenario dalla morte del poeta, nel 1916: la cerimonia ebbe luogo durante una «matinée» a Drury Lane, tra un atto e l'altro, del *Julius Cæsar*, nel palco reale. Non trovandosi la spada con cui il sovrano potesse investire del titolo l'attore – dal momento che quell'investitura fu una sorta d'improvvisata – se ne tolse una a prestito da un costumista teatrale nei pressi. Quell'edizione del tricentenario restò poi famosa per il cast: il Benson, dopo d'allora Sir Frank (Cesare), Basil Gill (Ottaviano), Henry Ainley (Antonio), Arthur Bourchier (Bruto), H. B. Irving (Cassio), Oscar Asche (Casca), Leon Quartermaine (Trebonio), Harcourt Williams (Servo di Cesare), Owen Nares (Servo di Ottaviano), Randle Ayrton (Pindaro), Gerald du Maurier (1° cittadino), Edmund Gwenn (3° cittadino) e Lillian Braithwaite (Portia); per non dir che tra i «Senatori, patrizii, cittadini, plebei, guardie e soldati, ecc.» figuravano attori come Francis Lister, Basil Sidney ed Ernest Thesiger. Lo Ainley riprese Antonio al St James Theatre nel 1920, con il Gill (Bruto). All'Old Vic, il dramma fu messo in scena nel 1926 da Robert Atkins con Baliol Holloway (Cassio) e Edith Evans (Portia), nel 1930 con Harcourt Williams (Bruto), Donald Wolfit (Cassio) e John Gielgud (Antonio), nel 1932 con Ralph Richardson (Bruto) e Robert Speaight (Cassio), e nel 1935 con Leo Genn (Bruto) e William Devlin (Cassio) e Ion Swinley (Antonio). Nel 1958, l'Old Vic vide il penetrante Cassio di Michael Hordern, che recitò con un Bruto piuttosto fiacco: John Phillips.

A Stratford, il *Julius Cæsar* ebbe sedici riprese nel vecchio teatro, tre nel cinematografo di Greenhill Street, dopo l'incendio di quello nel 1926, e continua ad averne nel nuovo teatro in media ogni due o tre anni.

Tra le più importanti riprese del dramma a Stratford, conta una del 1949 con Harry Andrews (Bruto), John Gielgud (Cassio), Antony Quayle (Antonio) e Andrew Cruickshank (Cesare). Nel 1957 Glem Byam Shaw mise in scena il dramma con Alec Clunes (Bruto), Geoffrey Keen (Cassio), Richard Johnson (Antonio), Cyril Luckham (Cesare) e Patrick Wymark (Marullo).

In U.S.A. il dramma non fu mai lungo tempo assente dai maggiori teatri e Hamblin, Davenport e Edwin Booth furono i maggiori interpreti della parte di Bruto nell'800. Un «long run» – 157 repliche – raggiunse una edizione di Orson Welles nel 1937 per il Guild Theatre, in abiti moderni e con il dittatore e i suoi seguaci in camicia nera. Dopo alcune edizioni di scarso interesse (due nel 1908, una nel 1949, con Charlton Heston), dagli U.S.A. è anche venuta la sola degna riduzione cinematografica della tragedia, diretta da Joseph L. Mankiewicz, nel 1952, con James Mason (Bruto), John Gielgud (Cassio), Marlon Brando (Antonio), Louis Calhern (Cesare), Edmund O'Brien (Casca), Deborah Kerr (Portia), Greer Garson (Calpurnia). Si osservi che alcuni tra gli interpreti principali (Gielgud, Mason, Kerr, Garson) erano inglesi.

La mort de César di Voltaire, presentata all'Hotel de Sassenage nel 1733, è il più antico e interessante adattamento francese d'un dramma shakespeariano. Le parti delle due donne sono affatto abolite, e l'uccisione del tiranno avviene fuori scena. La Comédie riprese il dramma per otto rappresentazioni nel 1743, e per altre cinque nel 1763. Durante la Rivoluzione, si pensò di far subire al testo qualche significativo mutamento: il dramma, infatti, terminava bensì con l'arresto e il carcere per Antonio e Dolabella, mentre a Bruto era dato conchiuderlo con un acceso discorso ai piedi della statua della libertà.

Ernesto Rossi tradusse personalmente il dramma per poterlo recitare nell'occasione dell'Esposizione industriale-artistica del 1884, ma dovette poi posporre il progetto fino al 1887, che vide così, al Teatro Nuovo di Firenze, la prima italiana del *Julius Cæsar*. La versione era stata pubblicata nei suoi *Studi drammatici* (Firenze, 1885). Il Rossi, che si alternò nella parte di Bruto e in quella di Antonio, non seppe mietere, nel *Julius Cæsar*, i successi che in altri drammi shakespeariani, come *Othello*, *Riccardo III* e *Amleto*. Eduardo Boutet fece inaugurare le recite della Stabile Romana nel 1905, con una edizione del *Julius Cæsar* diretta da Ferruccio Garavaglia, che vi recitò nella parte di Bruto. Il cinema s'impossessò poi del soggetto (1909, per la regìa di Giovanni Pastrone; e 1913, per la regìa di Enrico Guazzoni), contribuendo forse a screditare il dramma che, per molto tempo, in special modo, come si può immaginare, durante il ventennio fascista, fu tenuto lontano dalle scene. Queste videro, tuttavia, una riduzione del testo ad uso di libretto per l'opera lirica di Gianfrancesco Malipiero (Genova, 1936). Le stagioni al teatro romano di Verona ne videro due edizioni: una diretta nel '49 da G. Salvini, nella versione di C. V. Ludovici, con Renzo Ricci (Bruto), Sandro Ruffini (Cassio), Memo Benassi (Antonio) e Filippo Scelzo (Cesare), e una nel '59, diretta da Sandro Bolchi, che usò una traduzione di Eugenio Montale, con Tino Carraro (Bruto), Ottorino Guerrini (Cassio), Giorgio De Lullo (Antonio), Fosco Giachetti (Cesare). Le scene erano di Pier Luigi Pizzi e le musiche di Bruno Maderna. Questa edizione utilizzava il testo montaliano e parte degli attori che avevano preso parte al *Giulio Cesare* messo in scena da Giorgio Strehler al Piccolo Teatro di Milano, nel 1953, con scene e costumi di Piero Zuffi, che parve la più degna di quante desse la scena italiana: la parte di Cassio vi fu sostenuta da Arnoldo Foà e poi da Romolo Valli.

G.B.

CRONOLOGIA DELLA VITA E DELLE OPERE

1564 William Shakespeare nasce a Stratford-upon-Avon ed è battezzato il 26 aprile, terzo degli otto figli di John Shakespeare.
1582 Il 28 novembre Shakespeare sposa a Stratford Anne (o Agnes) Hathaway, di otto anni più anziana di lui.
1583 Il 26 maggio viene battezzata la prima figlia di Shakespeare e Anne Hathaway, Susanna.
1585 Il 2 febbraio vengono battezzati i due gemelli Hamnet e Judith Shakespeare.
1592 Shakespeare si è ormai affermato come attore e drammaturgo. Alcune sue opere sono state rappresentate dalle compagnie dei conti di Derby, di Pembroke e del Sussex.
1593 I teatri londinesi sono chiusi per un'epidemia di peste. Shakespeare pubblica il suo poemetto mitologico *Venus and Adonis* (*Venere e Adone*) dedicato a Henry Wriothesley Conte di Southampton.
1594 Pubblicazione del poemetto *The Rape of Lucrece* (*Lucrezia violata*), anch'esso dedicato al Conte di Southampton. Viene poi pubblicato anonimo per la prima volta un testo drammatico di Shakespeare, *Titus Andronicus*. Si riaprono i teatri e si riorganizzano le compagnie londinesi: viene così fondata, in forma cooperativa fra gli attori con partecipazione alle spese e agli utili, la compagnia dei «servi del Lord Ciambellano», con primo attore Richard Burbage, figlio dell'impresario; recitava al Theatre e al Curtain, e Shakespeare ne entrò a far parte.
1596 Muore Hamnet, unico figlio maschio di Shakespeare, sepolto a Stratford l'11 agosto. Il 20 ottobre viene concesso a John Shakespeare il diritto di fregiarsi di uno stemma, e la qualità di *gentleman* a lui e ai suoi discendenti.

1598 Francis Meres pubblica il suo trattato *Palladis Tamia*, convenzionale paragone fra gli antichi e i moderni, in cui menziona ripetutamente Shakespeare.
1599 Viene demolito il Theatre e con i materiali da esso ricavati viene costruito per conto della compagnia del Lord Ciambellano il Globe Theatre. Sotto il nome di Shakespeare viene pubblicata la raccolta di poesie *The Passionate Pilgrim* (*Il pellegrino appassionato*), solo poche delle quali sono autenticamente sue.
1601 Muore a Stratford in settembre John padre di William Shakespeare.
1602 Shakespeare acquista alcuni terreni e una casa a Stratford.
1603 Il 24 marzo muore la regina Elisabetta. Il suo successore, Giacomo VI di Scozia, divenuto Giacomo I d'Inghilterra, il 19 maggio prende alle dipendenze la compagnia del Lord Ciambellano, che assume la denominazione di «King's Men» (uomini del re) o di «attori di Sua Maestà». Shakespeare figura fra i principali gestori della compagnia, ma da questo momento il suo nome non appare nelle liste di interpreti di nuovi drammi rappresentati.
1605 In questo anno e nei successivi, Shakespeare acquista interessi nella riscossione delle decime da terreni intorno a Stratford.
1607 5 giugno: la figlia maggiore di Shakespeare, Susanna, sposa a Stratford il medico John Hall.
1608 In settembre muore Mary Arde, madre di Shakespeare. Durante l'anno i King's Men riprendono pieno possesso del teatro chiuso a Blackfriars e sono autorizzati ad usarlo.
1609 Pubblicazione, probabilmente all'insaputa dell'autore, dei *Sonetti* di Shakespeare.
1613 Shakespeare acquista l'edificio sovrastante l'antica porta dell'ex monastero di Blackfriars a Londra. Il 29 giugno 1613 il Globe rimane distrutto da un incendio durante una rappresentazione del nuovo dramma storico di Shakespeare, *Enrico VIII*.
1616 10 febbraio: matrimonio a Stratford di Judith Shakespeare con il mercante Thomas Quiney, non molto stimato da Shakespeare. Il 25 marzo Shakespeare fa testamento: la maggior parte delle sue sostanze vanno alla figlia Susanna, a suo

marito e alla loro figlioletta Elizabeth, mentre alla figlia Judith sono lasciate alcune somme di denaro con clausole cautelative (dovute a diffidenza per il genero); alla moglie viene lasciato l'usufrutto della «seconda camera da letto» a New Place. Shakespeare muore il 23 aprile e viene sepolto nella chiesa parrocchiale di Stratford. La pietra tombale reca l'iscrizione: «Buon amico, per amor di Cristo, non cavar fuori la polvere qui racchiusa! Benedetto chi rispetta queste pietre e maledetto colui che rimuove le mie ossa».

1619 Alla morte di Shakespeare soltanto sedici suoi testi teatrali erano stati pubblicati separatamente in volumi in-quarto. Tre anni dopo l'editore William Jaggard si propose di pubblicare in-quarto alcune opere shakespeariane, senza assicurarsene i diritti e includendo fra di esse, con il nome di Shakespeare, quattro che erano di altri autori.

1623 Il 6 agosto muore Anne Hathaway, vedova di Shakespeare. Verso la fine dell'anno gli editori Isaac Jaggard (figlio di William) e Edward Blount, dopo essersene assicurati i diritti, pubblicano con la consulenza e la collaborazione dei due attori John Heminge e Henry Condell trentasei drammi di Shakespeare in un volume di grande formato (in-folio), sotto il titolo *Mr. William Shakespeares Comedies, Histories, & Tragedies. Published according to the True Original Copies* (Commedie, Drammi storici e Tragedie di Mastro William Shakespeare. Pubblicate in conformità delle copie originali autentiche).

BIBLIOGRAFIA SHAKESPEARIANA

S. Adamson, L. Hunter, L. Magnussen, A. Thompson e K. Wales, *Reading Shakespeare's Dramatic Language. A Guide*, The Arden Shakespeare, London 2001.

G. Baldini, *Manualetto shakespeariano*, Einaudi, Torino 1964.

J. Bate, *The Genius of Shakespeare*, Picador, London 1997.

J. Bate e R. Jackson, *Shakespeare. An Illustrated Stage History*, Oxford University Press, Oxford 1996.

C. Corti, *Shakespeare illustrato*, Bulzoni, Roma 1996.

J. Dollimore e A. Sinfield, *Political Shakespeare*, Manchester University Press, Manchester 1985.

J. Drakakis (ed.), *Alternative Shakespeares*, Methuen, London 1985.

J. Dusinberre, *Shakespeare and the Nature of Women*, Macmillan, London 1975.

K. Elam, *Shakespeare Universe of Discourse*, Cambridge University Press, Cambridge 1984.

– (ed.), *La grande festa del linguaggio*, Il Mulino, Bologna 1986.

L. Erne, *Shakespeare As a Literary Dramatist*, Cambridge University Press, Cambridge 2003.

F. Ferrara, *Shakespeare e la commedia*, Adriatica, Bari 1964.

–, *Shakespeare e le voci della storia*, Bulzoni, Roma 1994.

N. Frye, *A Natural Perspective*, Columbia University Press, New York 1965.

R. Girard, *Shakespeare. Il teatro dell'invidia*, Adelphi, Milano 1998.

S. Greenblatt, *Shakespearean Negotiations*, Clarendon, Oxford 1988.

T. Hawkes (ed.), *Alternative Shakespeares 2*, Routledge, London 1996.

L. Innocenti (ed.), *Il teatro elisabettiano*, Il Mulino, Bologna 1994.
F. Kermode, *Il linguaggio di Shakespeare*, Bompiani, Milano 2000.
J. Kott, *Shakespeare nostro contemporaneo*, Feltrinelli, Milano 1964.
A. Locatelli, *L'eloquenza e gli incantesimi. Interpretazioni shakespeariane*, Guerini, Milano 1988.
A. Lombardo, *La grande conchiglia*, Bulzoni, Roma 2002.
–, *Il fuoco e l'aria*, Bulzoni, Roma 1995.
A. Loomba e M. Orkin, *Post-colonial Shakespeare*, Routledge, London 1998.
L.E. Maguire, *Studying Shakespeare*, Blackwell, Oxford 2004.
M. Marrapodi e G. Melchiori, *Italian Studies in Shakespeare and His Contemporaries*, Associated University Presses, London 1999.
M. Marrapodi et al. (ed.), *Shakespeare's Italy*, Manchester University Press, Manchester 1993.
G. Melchiori, *Shakespeare*, Laterza, Bari 1994.
R. Mullini, *Il fool in Shakespeare*, Bulzoni, Roma 1997.
P. Parker, *Shakespeare at the Margins*, The University of Chicago Press, Chicago 1996.
P. Pugliatti, *Shakespeare storico*, Bulzoni, Roma 1993.
–, *Shakespeare the Historian*, Macmillan, London 1996.
S. Schoenbaum, *Shakespeare's Lives*, Clarendon Press, Oxford 1991.
A. Serpieri et al., *Nel laboratorio di Shakespeare. Dalle fonti ai drammi*, Pratiche, Parma 1988.
–, *Retorica e immaginario*, Pratiche, Parma 1986.
B. Spivack, *Shakespeare and the Allegory of Evil*, Columbia University Press, New York 1958.
G. Taylor, *Reinventing Shakespeare*, Vintage, London 1989.
A. Thompson e G. McMullan, *In Arden: Editing Shakespeare*, The Arden Shakespeare, London 2003.
R. Weimann, *Shakespeare and the Popular Tradition in the Theatre*, The John Hopkins University Press, Baltimore 1978.
S. Wells, *Shakespeare: A Life in Drama*, Norton, London 1995.

Fu con C.M. Young che si provò nel dramma per la prima volta William Charles Macready, recitando la parte di Cassio, a Covent Garden, nel 1819; e passando, poi, a quella di Bruto nell'ottobre 1836; una parte che restò tra le sue favorite, e che recitò anche al Castello di Windsor davanti alla regina Vittoria e al principe Alberto nel febbraio 1850, con Charles Kean che, nell'occasione, sostenne per l'unica volta, in Inghilterra, la parte di Antonio, che aveva già recitata, con il Macready, negli U.S.A. Il Macready, tuttavia, tornò, qualche volta, anche alla parte di Cassio. L'ultimo Bruto fu da lui recitato nel gennaio 1851 al Haymarket. (*Enthoven Theatre Collection, London.*)

Romolo Valli (Bruto) nel *Giulio Cesare* messo in scena da Giorgio De Lullo al Teatro Argentina di Roma nel 1971. La interpretazione della compagnia dei « Giovani »: De Lullo-Falk-Valli-Albani venne integrata dalla partecipazione di Renzo Ricci (Cesare), Giulio Bosetti (Cassio), Mariano Rigillo (Casca). Scene e costumi di Pier Luigi Pizzi.

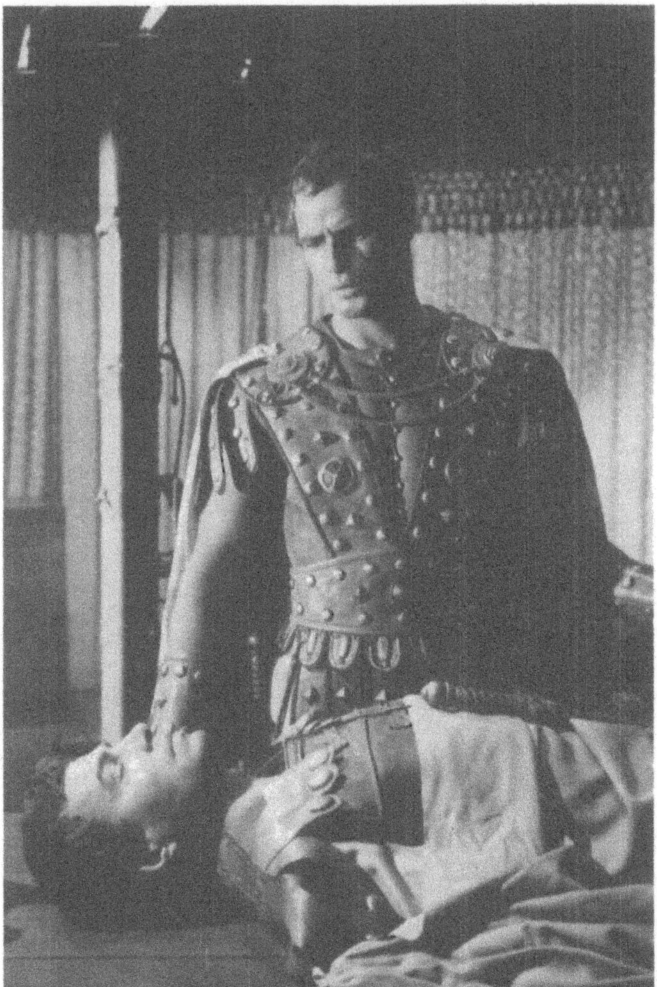

James Mason (Bruto) e Marlon Brando (Antonio) nella riduzione cinematografica del *Giulio Cesare* diretta da Joseph L. Mankiewicz (1952).

GIULIO CESARE
[JULIUS CÆSAR]

La traduzione di Gabriele Baldini segue essenzialmente il testo dello *Arden Shakespeare*, con qualche emendamento suggerito da altri testi (v. Avvertimento p. 16 nel volume *La tempesta*). [*N.d.R.*]

DRAMATIS PERSONAE

JULIUS CÆSAR
OCTAVIUS CÆSAR, MARCUS ANTONIUS, M. ÆMILIUS LEPIDUS — Triumvirs after the death of Julius Cæsar
CICERO, PUBLIUS, POPILIUS LENA — Senators
MARCUS BRUTUS, CASSIUS, CASCA, TREBONIUS, LIGARIUS, DECIUS BRUTUS, METELLUS CIMBER — Conspirators against Julius Cæsar
CINNA
FLAVIUS and MARULLUS, Tribunes
ARTEMIDORUS, a Sophist of Cnidos
A Soothsayer
CINNA, a Poet
Another Poet
LUCILIUS, TITINIUS, MESSALA, YOUNG CATO, and VOLUMNIUS, Friends to Brutus and Cassius
VARRO, CLITUS, CLAUDIUS, STRATO, LUCIUS, DARDANIUS, Servants or Officers to Brutus
PINDARUS, Servant to Cassius
A Cobbler, a Carpenter, and other Plebeians
A Servant to Cæsar; to Antony; to Octavius

CALPHURNIA, Wife to Cæsar
PORTIA, Wife to Brutus

The Ghost of Cæsar

Senators, Guards, Attendants, etc.

SCENE: During a great part of the Play, at Rome; afterwards near Sardis, and near Philippi.

DRAMATIS PERSONAE

GIULIO CESARE

CESARE OTTAVIANO, MARC'ANTONIO, M. EMILIO LEPIDO — triumviri, alla morte di Giulio Cesare

CICERONE, PUBLIO, POPILIO LENA — senatori

MARCO BRUTO, CASSIO, CASCA, TREBONIO, LIGARIO, DECIO BRUTO, METELLO CIMBRO — congiurati contro Giulio Cesare

CINNA

FLAVIO e MARULLO, tribuni

ARTEMIDORO, sofista di Cnido

Un indovino

CINNA, poeta

Un altro poeta

LUCILIO, TITINIO, MESSALA, il giovanetto CATONE E VOLUMNIO, amici di Bruto e Cassio

VARRONE, CLITO, CLAUDIO, STRATONE, LUCIO e DARDANIO, uffiziali e servi di Bruto

PINDARO, servo di Cassio

Un calzolaio, un falegname ed altri plebei

Un servo di Cesare, uno di Antonio e uno di Ottaviano

CALPURNIA, moglie di Cesare

PORTIA, moglie di Bruto

Lo Spettro di Cesare

Senatori, Uffiziali, Guardie, Cittadini e Persone del seguito, ecc.

SCENA: Roma, poi nei pressi di Sardi; poi nei pressi di Filippi.

ACT I

SCENE I

[Rome. A Street.]

Enter FLAVIUS, MARULLUS, and certain Commoners over the stage.

FLAV. Hence! home, you idle creatures, get you home:
Is this a holiday? What, know you not,
Being mechanical, you ought not walk
Upon a labouring day without the sign
Of your profession? Speak, what trade art thou?

CARPENTER. Why, sir, a carpenter.

MAR. Where is thy leather apron, and thy rule?
What dost thou with thy best apparel on?
You, sir, what trade are you?

COBBLER. Truly, sir, in respect of a fine workman, I am but, as you would say, a cobbler.

MAR. But what trade art thou? Answer me directly.

COB. A trade, sir, that I hope I may use with a safe conscience; which is, indeed, sir, a mender of bad soles.

MAR. What trade, thou knave? thou naughty knave, what [trade?

COB. Nay, I beseech you, sir, be not out with me: yet, if you be out, sir, I can mend you.

MAR. What meanest thou by that? Mend me, thou saucy [fellow?

ATTO PRIMO

SCENA PRIMA

Roma. Una strada.

Entrano FLAVIO, MARULLO e alcuni popolani.

FLAVIO Andatevene a casa, fannulloni, oziosi che non siete! andatevene a casa. Che forse oggi è giorno di vacanza? Non sapete che, fornendo opera di artigiani, non dovreste andarvene a passeggio, nei giorni di lavoro, senza l'insegna del vostro mestiere? Dimmi un po' tu, che mestiere fai?

FALEGNAME Il falegname, signore.

MARULLO E dove sono il tuo grembiule di cuoio e il tuo regolo? Che fai con questi tuoi abiti festivi? E tu, di' un po': qual è il tuo mestiere?

CALZOLAIO In verità, signore, se si dovesse paragonarmi a un operaio di fino, non sarei altro, per così dire, che un rappezzatore.

MARULLO Ma che mestiere fai? Rispondi in modo preciso.

CALZOLAIO Faccio un mestiere, signore, che spero di poter fare con la coscienza a posto, e che consiste, a dire il vero, signore, nel riparare quel che ha finito col logorarsi.

MARULLO Ma che mestiere fai, canaglia? pezzo d'ignobile canaglia, che mestiere fai?

CALZOLAIO Vi prego, signore, non vogliate logorar troppo la pazienza con me, anche se, nel caso che la consumiate affatto, potrei sempre provare a rimediarvela.

MARULLO Che vuoi dire con questo? Avresti forse voglia di rappezzarmi, impertinente che non sei?

COB. Why, sir, cobble you.

FLAV. Thou art a cobbler, art thou?

COB. Truly, sir, all that I live by is with the awl: I meddle with no tradesman's matters, nor women's matters; but withal I am, indeed, sir, a surgeon to old shoes: when they are in great danger I recover them. As proper men as ever trod upon neat's leather have gone upon my handiwork.

FLAV. But wherefore art not in thy shop to-day?
Why dost thou lead these men about the streets?

COB. Truly, sir, to wear out their shoes, to get myself into more work. But indeed, sir, we make holiday to see Cæsar, and to rejoice in his triumph.

MAR. Wherefore rejoice? What conquest brings he home?
What tributaries follow him to Rome,
To grace in captive bonds his chariot wheels?
You blocks, you stones, you worse than senseless things!
O you hard hearts, you cruel men of Rome,
Knew you not Pompey? Many a time and oft
Have you climb'd up to walls and battlements,
To towers and windows, yea, to chimney-tops,
Your infants in your arms, and there have sat
The livelong day, with patient expectation,
To see great Pompey pass the streets of Rome:
And when you saw his chariot but appear,
Have you not made an universal shout,
That Tiber trembled underneath her banks
To hear the replication of your sounds
Made in her concave shores?
And do you now put on your best attire?
And do you now cull out a holiday?
And do you now strew flowers in his way,
That comes in triumph over Pompey's blood?
Be gone!
Run to your houses, fall upon your knees,
Pray to the gods to intermit the plague
That needs must light on this ingratitude.

FLAV. Go, go, good countrymen, and for this fault
Assemble all the poor men of your sort;

CALZOLAIO No, signore, mi basterebbe di risuolarvi le scarpe.[1]

FLAVIO Sei un calzolaio, non è vero?

CALZOLAIO In verità, signore, vivo soltanto per la lesina. Non mi occupo degli affari dei mercanti né degli affari delle donne, ma solo della lesina e, a dir la verità, signore, sono un chirurgo di scarpe vecchie, e quando si trovano in grande pericolo, le raccomodo. I migliori uomini che abbiano mai calpestato il cuoio di vitello han fatto ricorso alla mia opera.

FLAVIO E perché oggi non sei a bottega? e te ne vai in giro con queste persone per le strade?

CALZOLAIO A essere sincero, signore, vado in giro con loro al fine di provvedere a che si consumino le scarpe così che non mi manchi il lavoro. Ma se debbo parlar schietto, vi dirò che ci siamo presi la vacanza per venire a vedere Cesare e godere del suo trionfo.

MARULLO E perché godere? Quali sono le vittorie ch'egli riporta a casa? Quali tributarii lo seguono in Roma per onorare, in vincoli di cattività, le ruote del suo carro? Sciocchi, stupidi che non siete, macigni che han perduto ogni facoltà di sentire! O voi, cuori induriti, uomini crudeli di Roma, non vi ricordate più di Pompeo? Quante volte non vi siete arrampicati fin sulle mura e i bastioni e le torri e le finestre, persino in cima ai comignoli, con i bambini in braccio, e siete rimasti a sedere lassù per un'intera giornata, nella paziente attesa di vedere il grande Pompeo attraversare le strade di Roma! e non appena vedevate spuntare il suo carro, non vi siete forse lasciati andare a urla universali di giùbilo, tanto che il Tevere tremava in mezzo alle sue rive, all'udire il rimbombo delle vostre grida tra le sue concave sponde? E adesso vi mettete gli abiti della festa? E vi prendete tutto per voi un giorno di vacanza, e spargete le strade di fiori sul cammino di colui che, ora, se ne viene in trionfo sul sangue di Pompeo? Andatevene! Correte alle vostre case, gettatevi in ginocchio, e pregate gli dèi che ritardino la peste, la quale dovrà pur di necessità cadere come un flagello sulla vostra ingratitudine.

FLAVIO Andatevene, andatevene, o buoni concittadini; e per questa vostra colpa raccogliete tutti gli altri poveretti della vo-

[1] Un giuoco di parole, nel testo, tra *soul* (anima, coscienza) e *sole* (suola di scarpe) facilita la comprensione di questo passo.

Draw them to Tiber banks, and weep your tears
Into the channel, till the lowest stream
Do kiss the most exalted shores of all.
[*Exeunt all the Commoners.*
See where their basest mettle be not mov'd;
They vanish tongue-tied in their guiltiness.
Go you down that way towards the Capitol;
This way will I. Disrobe the images,
If you do find them deck'd with ceremonies.
MAR. May we do so?
You know it is the feast of Lupercal.
FLAV. It is no matter; let no images
Be hung with Cæsar's trophies. I'll about
And drive away the vulgar from the streets;
So do you too, where you perceive them thick.
These growing feathers pluck'd from Cæsar's wing
Will make him fly an ordinary pitch,
Who else would soar above the view of men
And keep us all in servile fearfulness. [*Exeunt.*

SCENE II

[The Same. A public Place.]

Enter CÆSAR, ANTONY for the course, CALPHURNIA, PORTIA, DECIUS, CICERO, BRUTUS, CASSIUS, CASCA, a Soothsayer, [and a great crowd;] after them MARULLUS and FLAVIUS.

CÆS. Calphurnia.
CASCA. Peace, ho! Cæsar speaks.
CÆS. Calphurnia.
CAL. Here, my lord.
CÆS. Stand you directly in Antonius' way
When he doth run his course. Antonius.
ANT. Cæsar, my lord?
CÆS. Forget not, in your speed, Antonius,
To touch Calphurnia; for our elders say,
The barren, touched in this holy chase,
Shake off their sterile curse.

stra specie e accompagnateli tutti alle rive del Tevere, e piangete nel suo letto le vostre lacrime, fino a che il flusso più basso baci le sponde più alte. [*Exeunt i popolani.*] Guarda un po' se la loro rozza anima non si è commossa. Spariscono tutti con la lingua legata per la loro colpa. Prendi quella strada verso il Campidoglio, io prenderò quest'altra. Se le trovi rivestite di ornamenti, spoglia pure tutte le statue che incontri.

MARULLO Ma si può farlo? credi che sia permesso? lo sai anche tu che oggi è la festa dei Lupercali.

FLAVIO Non importa. Nessuna statua dev'essere adorna dei trofei di Cesare. Io mi metterò in giro e farò sgombrare le strade dal volgo, e l'eguale dovrai far tu, se incontri qualche gruppo. Codeste penne che spuntano sull'ala di Cesare, se siano strappate in tempo, faranno volar lui a un'altezza ordinaria, ché altrimenti egli finirebbe col librarsi al di sopra della vista degli uomini, per mantenerci tutti in un timore servile. [*Exeunt.*

SCENA II

La stessa.

Entrano, in processione, CESARE, ANTONIO, pronto per la corsa, CALPURNIA, PORTIA, DECIO, CICERONE, BRUTO, CASSIO, CASCA e un Indovino, seguiti da una gran folla. Dopo di essi, MARULLO e FLAVIO.

CESARE Calpurnia!

CASCA Zitti, laggiù! Cesare parla.

CESARE Calpurnia!

CALPURNIA Eccomi, signor mio.

CESARE Disponiti lungo il cammino di Antonio quand'egli farà la sua corsa sacrale. Antonio!

ANTONIO Cesare, mio signore!

CESARE Nella precipitazione del momento, non dovrai dimenticarti, Antonio, di toccare Calpurnia. Stando a quel che dicono i nostri maggiori, la donna infeconda che sia tocca durante questa sacra gara, si libera dalla maledizione della sua sterilità.

ANT. I shall remember:
When Cæsar says, "Do this," it is perform'd.

CÆS. Set on, and leave no ceremony out.

SOOTH. Cæsar!

CÆS. Ha! Who calls?

CASCA. Bid every noise be still; peace yet again!

CÆS. Who is it in the press that calls on me?
I hear a tongue shriller than all the music
Cry "Cæsar!" Speak. Cæsar is turn'd to hear.

SOOTH. Beware the ides of March.

CÆS. What man is that?

BRU. A soothsayer bids you beware the ides of March.

CÆS. Set him before me; let me see his face.

CAS. Fellow, come from the throng; look upon Cæsar.

CÆS. What say'st thou to me now? Speak once again.

SOOTH. Beware the ides of March.

CÆS. He is a dreamer. Let us leave him. Pass.

[*Sennet. Exeunt. Manent Brutus and Cassius.*

CAS. Will you go see the order of the course?

BRU. Not I.

CAS. I pray you, do.

BRU. I am not gamesome: I do lack some part
Of that quick spirit that is in Antony.
Let me not hinder, Cassius, your desires;
I'll leave you.

CAS. Brutus, I do observe you now of late:
I have not from your eyes that gentleness
And show of love as I was wont to have.
You bear too stubborn and too strange a hand
Over your friend that loves you.

BRU. Cassius,
Be not deceiv'd: if I have veil'd my look,
I turn the trouble of my countenance
Merely upon myself. Vexed I am
Of late with passions of some difference,
Conceptions only proper to myself,
Which give some soil, perhaps, to my behaviours;
But let not therefore my good friends be griev'd

ANTONIO Me ne ricorderò. Se Cesare dice: «Fa questo!», è come se fosse cosa fatta.

CESARE Andiamo, e non sia lasciata inadempiuta alcuna cerimonia.

INDOVINO Cesare!

CESARE Ah! chi mi chiama?

CASCA Cessi ogni rumore e si faccia di nuovo silenzio.

CESARE Chi ha fatto, in mezzo alla folla, il mio nome? Ho sentito una lingua che metteva un suono più acuto che tutt'il resto della musica, mentre gridava: «Cesare!». Che parli! Cesare si dispone ad ascoltare.

INDOVINO Guàrdati dalle idi di marzo!

CESARE Che uomo è costui?

BRUTO È un indovino che ti raccomanda di guardarti dalle idi di marzo.

CESARE Che si presenti davanti a me: voglio vederlo in faccia.

CASSIO Ehi, tu, uomo: vieni fuori dalla folla. Leva gli occhi su Cesare.

CESARE Ed ora che dici? Parla di nuovo.

INDOVINO Guàrdati dalle idi di marzo!

CESARE È un sognatore. Lasciamolo andare. Suvvia, venite.

[*Squillo di trombe. Exeunt omnes, tranne Bruto e Cassio.*

CASSIO Vuoi andare a vedere la corsa?

BRUTO Non io.

CASSIO Te ne prego, va' pure.

BRUTO No, non mi piace questa sorta di giuochi. Mi manca quello spirito vivace che pure possiede Antonio. Ma non vorrei mettere un impedimento ai tuoi desideri, Cassio, e perciò ti lascio.

CASSIO Bruto, è un po' di tempo che ti vengo osservando e non trovo più nei tuoi occhi quella benevolenza e quella mostra d'affetto che pure solevo coglierti. La tua mano ha una presa troppo ferma e ostinata e insieme troppo estranea, quasi ostile, sull'amico tuo che t'ama.

BRUTO Cassio, non volerti ingannare: se ho velato il mio sguardo, è soltanto sopra me stesso che volgo il turbamento del mio ciglio. Io son tormentato da passioni tra loro discordi, da pensieri che non sanno indirizzarsi altro che a me solo, e che forse mettono in cattiva luce la mia condotta. Ma i miei buoni amici

(Among which number, Cassius, be you one)
Nor construe any further my neglect,
Than that poor Brutus, with himself at war,
Forgets the shows of love to other men.
CAS. Then, Brutus, I have much mistook your passion;
By means whereof this breast of mine hath buried
Thoughts of great value, worthy cogitations.
Tell me, good Brutus, can you see your face?
BRU. No, Cassius; for the eye sees not itself
But by reflection, by some other things.
CAS. 'Tis just;
And it is very much lamented, Brutus,
That you have no such mirrors as will turn
Your hidden worthiness into your eye,
That you might see your shadow. I have heard,
Where many of the best respect in Rome
(Except immortal Cæsar), speaking of Brutus,
And groaning underneath this age's yoke,
Have wish'd that noble Brutus had his eyes.
BRU. Into what dangers would you lead me, Cassius,
That you would have me seek into myself
For that which is not in me?
CAS. Therefore, good Brutus, be prepar'd to hear;
And since you know you cannot see yourself
So weel as by reflection, I, your glass,
Will modestly discover to yourself
That of yourself which you yet know not of.
And be not jealous on me, gentle Brutus:
Were I a common laughter, or did use
To stale with ordinary oaths my love
To every new protester; if you know
That I do fawn on men and hug them hard,
And after scandal them; or if you know
That I profess myself in banqueting
To all the rout, then hold me dangerous.

Flourish and shout.

BRU. What means this shouting? I do fear the people
Choose Cæsar for their king.

— e tu fai parte del numero, o Cassio — non debbono adontarsene, né debbono dare a questa mia negligenza alcun significato se non che il povero Bruto è in guerra con se medesimo e dimentica quindi le dimostrazioni d'affetto che deve altrui.

CASSIO Vuol dire, allora, o Bruto, che mi sono ingannato di molto sulle tue afflizioni, onde fui indotto a seppellir nel mio seno tanti preziosi pensieri di grande valore e degne meditazioni. Dimmi, buon Bruto, hai mai visto la tua faccia?

BRUTO No, Cassio, perché l'occhio non vede mai se stesso, se non si rifletta in qualche altra cosa.

CASSIO È proprio così, e molti lamentano, o Bruto, che tu non abbia uno specchio tale da rifletter, davanti al tuo occhio, tutte le tue interne virtù, così che tu possa veder la tua ombra. Ho udito molte persone alle quali si deve il più grande rispetto, qui in Roma — eccettuato l'immortale Cesare — le quali, nel parlare che si facevano di Bruto, e nel gemere che si facevano sotto il giogo di questa nostra età, han pur mostrato il desiderio che il nobile Bruto facesse uso de' suoi occhi.

BRUTO In quali pericoli mi vuoi irretire, o Cassio, che mi spingi a cercare in me stesso quel che in me stesso non c'è?

CASSIO È venuto il momento, buon Bruto, d'ascoltarmi: e poiché sai di non poter veder bene te stesso quanto lo potresti per il riflesso di te in qualche cosa, io, che sono il tuo specchio, discoprirò, senza deformarla, a te stesso, quella parte di te stesso che ancora non conosci. Ma non sospettare di me, Bruto gentile; se fossi un motteggiatore volgare, e se prostituissi la mia amicizia con voti ordinari d'affetto per il primo venuto; se tu sapessi che adulo le persone e me le stringo con forza al seno dopo aver sparlato di loro, e se sapessi, ancora, che offro la mia amicizia durante i banchetti a tutt'intera la tavolata: soltanto se tu potessi riconoscermi in tutto questo, dovresti giudicarmi pericoloso.

Squillo di trombe e grida interne.

BRUTO Che significano queste grida? Ho paura che il popolo elegga Cesare al trono regale.

CAS. Ay, do you fear it?
Then must I think you would not have it so.
BRU. I would not, Cassius; yet I love him well.
But wherefore do you hold me here so long?
What is it that you would impart to me?
If it be aught toward the general good,
Set honour in one eye, and death i' th' other,
And I will look on both indifferently;
For let the gods so speed me as I love
The name of honour more than I fear death.
CAS. I know that virtue to be in you, Brutus,
As well as I do know your outward favour.
Well, honour is the subject of my story.
I cannot tell what you and other men
Think of this life; but for my single self,
I had as lief not be as live to be
In awe of such a thing as I myself.
I was born free as Cæsar; so were you;
We both have fed as well, and we can both
Endure the winter's cold as well as he:
For once, upon a raw and gusty day,
The troubled Tiber chafing with her shores,
Cæsar said to me, "Dar'st thou, Cassius, now
Leap in with me into this angry flood,
And swim to yonder point?" Upon the word,
Accoutred as I was, I plunged in
And bade him follow; so indeed he did.
The torrent roar'd, and we did buffet it
With lusty sinews, throwing it aside
And stemming it with hearts of controversy.
But ere we could arrive the point propos'd,
Cæsar cried, "Help me, Cassius, or I sink."
I, as Æneas, our great ancestor,
Did from the flames of Troy upon his shoulder
The old Anchises bear, so from the waves of Tiber
Did I the tired Cæsar. And this man
Is now become a god, and Cassius is
A wretched creature, and must bend his body
If Cæsar carelessly but nod on him.
He had a fever when he was in Spain,

CASSIO Ah! ne hai paura? Debbo dunque pensare che non vorresti che ciò avvenisse.

BRUTO Non vorrei, Cassio. Eppure io l'amo molto. Ma perché mi trattieni così a lungo? Di che vorresti farmi parte? Se si tratta del bene generale, metti pure l'onore in un occhio e la morte nell'altro ed io guarderò a entrambi con lo stesso sguardo. Mi proteggano gli dèi se non è vero che amo il nome dell'onore più di quanto io non temo la morte.

CASSIO So bene che in te, Bruto, vive quella virtù; lo so al modo che so come sei fatto di fuori. Ebbene, l'onore è proprio il tema di quel che ho da dirti. Non so bene quel che tu e che gli altri uomini pensiate di questa vita. Ma per quanto riguarda me stesso, preferirei non vivere affatto piuttosto che vivere nel timore di qualcosa che sia come me. Io sono nato libero quanto Cesare. E tale nascesti anche tu. Entrambi ci siamo nutriti allo stesso modo ed entrambi possiamo sopportare quanto lui il freddo dell'inverno: poiché una volta, in una giornata rigida e ventosa, mentre il Tevere smaniava contro le sue sponde, Cesare mi disse: «Ti basta il cuore, o Cassio, di balzare insieme a me nella rabida corrente, e nuotare fino a quella riva?». Armato com'ero, e senza aggiunger parola, mi tuffai nel flutto e gli chiesi di seguitarmi. E così, infatti, egli fece. La corrente rumoreggiava, e noi la battevamo con i nostri muscoli possenti, facendola partire in due e affrontandola con il cuore delle imprese gagliarde. Ma, innanzi che potessimo attingere il punto che ci eravamo proposti, Cesare gridò: «Soccorso, Cassio, o ch'io m'affogo!». E come il nosto grande antenato Enea trasse sulle sue spalle, dalle fiamme di Troia, a salvamento, il vecchio Anchise, così trassi io, dalle onde del Tevere, Cesare fiaccato. Quest'uomo è diventato un dio, e Cassio una meschina creatura, e deve inchinare la sua persona se Cesare, anche distrattamente, gli faccia pur un cenno. Quand'era in Spagna, gli venne una febbre; e al momento più violento

And when the fit was on him, I did mark
How he did shake; 'tis true, this god did shake;
His coward lips did from their colour fly,
And that same eye whose bend doth awe the world
Did lose his lustre; I did hear him groan;
Ay, and that tongue of his, that bade the Romans
Mark him and write his speeches in their books,
Alas, it cried, "Give me some drink, Titinius,"
As a sick girl. Ye gods, it doth amaze me
A man of such a feeble temper should
So get the start of the majestic world,
And bear the palm alone.

Shout. Flourish.

BRU. Another general shout?
I do believe that these applauses are
For some new honours that are heap'd on Cæsar.
CAS. Why, man, he doth bestride the narrow world
Like a Colossus, and we petty men
Walk under his huge legs, and peep about
To find ourselves dishonourable graves.
Men at some time are masters of their fates:
The fault, dear Brutus, is not in our stars,
But in ourselves, that we are underlings.
Brutus and Cæsar: what should be in that "Cæsar"?
Why should that name be sounded more than yours?
Write them together, yours is as fair a name;
Sound them, it doth become the mouth as well;
Weigh them, it is as heavy; conjure with 'em,
"Brutus" will start a spirit as soon as "Cæsar".
Now in the names of all the gods at once,
Upon what meat doth this our Cæsar feed,
That he is grown so great? Age, thou art sham'd!
Rome, thou hast lost the breed of noble bloods!
When went there by an age, since the great flood,
But it was fam'd with more than with one man?
When could they say, till now, that talk'd of Rome,
That her wide walks encompass'd but one man?
Now is it Rome indeed, and room enough,

dell'accesso ho pur dovuto notare quanto quell'uomo se ne lasciasse scuotere. È proprio così: questo dio tremava tutto. Le sue labbra vigliacche se ne fuggirono dalle loro bandiere colorate e quello stesso occhio che soltanto all'inchinarsi spaura il mondo intero, perdette ben la sua luce. E l'ho udito gemere: proprio così; quella sua lingua che costrinse i romani a scrivere i suoi discorsi nei lor propri libri, quella stessa lingua, ahimè, prese a gridare: «Dammi, Titinio, un sorso d'acqua!» allo stesso modo che una fanciullina inferma. O dèi, molto mi stupisce che un uomo di una tempra così debole debba di tanto sopravanzare la maestà del mondo e portarne da solo la palma.

Acclamazioni, squilli di tromba.

BRUTO Altre acclamazioni! Credo che questi applausi siano diretti a un qualche nuovo onore che è stato or ora accumulato sul capo di Cesare.

CASSIO Ebbene, o uomo, egli inforca questo piccolo mondo come un colosso e noi, miseri e grami, passiamo di sotto alle sue gambe smisurate e ci riguardiamo attorno per trovare delle tombe senza gloria. Vi son pure dei momenti in cui gli uomini son padroni del loro destino: la colpa, caro Bruto, non è nelle nostre stelle ma in noi stessi, se non siamo altro che dei sottoposti. Bruto e Cesare. Che c'è in questa parola: Cesare? Perché questo nome dovrebbe risuonare per una fama maggiore della tua? Scrivili pure uno vicino all'altro e il tuo è un nome bello quanto il suo. Pronunziali ad alta voce, e tutti e due s'addicono egualmente alla bocca. Pesali, e il suo ha lo stesso peso che il tuo. Cerca di usarne per far di sortilegi e il nome di Bruto riuscirà ad evocare uno spirito altrettanto prontamente quanto il nome di Cesare. Ebbene, nel nome di tutti gli dèi a un tempo, io mi chiedo di quale cibo si nutre questo nostro Cesare che è cresciuto a tanta grandezza? O secolo in cui viviamo, sei disonorato! Roma, hai perduto la capacità di generare uomini di nobile sangue! Quando mai si è potuto dare un secolo, a partir dal diluvio universale, che fosse famoso a causa d'un uomo soltanto? Quando mai s'è potuto dire, prima d'ora, parlando di Roma, che le sue grandi strade son percorse da un uomo solo? Ora sì che in Roma vi è spazio

When there is in it but one only man.
O, you and I have heard our fathers say,
There was a Brutus once that would have brook'd
Th' eternal devil to keep his state in Rome
As easily as a king.

BRU. That you do love me, I am nothing jealous;
What you would work me to, I have some aim:
How I have thought of this, and of these times,
I shall recount hereafter. For this present,
I would not (so with love I might entreat you)
Be any further mov'd. What you have said
I will consider; what you have to say
I will with patience hear, and find a time
Both meet to hear and answer such high things.
Till then, my noble friend, chew upon this:
Brutus had rather be a villager
Than to repute himself a son of Rome
Under these hard conditions as this time
Is like to lay upon us.

CAS. I am glad
That my weak words have struck but thus much show
Of fire from Brutus.

Enter CÆSAR and his Train.

BRU. The games are done and Cæsar is returning.

CAS. As they pass by, pluck Casca by the sleeve,
And he will (after his sour fashion) tell you
What hath proceeded worthy note to-day.

BRU. I will do so. But look you, Cassius,
The angry spot doth glow on Cæsar's brow,
And all the rest look like a chidden train:
Calphurnia's cheek is pale, and Cicero
Looks with such ferret and such fiery eyes
As we have seen him in the Capitol,
Being cross'd in conference by some senators.

CAS. Casca will tell us what the matter is.

CÆS. Antonius.

ANT. Cæsar?

CÆS. Let me have men about me that are fat,

da vendere, poiché in essa vive e prospera un solo abitante. Oh, tu ed io abbiamo già udito i nostri padri raccontare come un certo Bruto avrebbe sopportato che il diavolo eterno tenesse a Roma la sua corte quanto che ve la tenesse un re.

BRUTO Non dubito affatto che tu mi ami. E di quel che vorresti indurmi a pensare, mi son fatto, ormai, un'idea ben chiara. Come io abbia già pensato, per conto mio, e a tutto questo e ai tempi che attraversiamo, te lo racconterò un'altra volta. Per il momento non vorrei, se per l'affetto che a te mi lega te ne potessi supplicare, non vorrei che il nostro discorso si spingesse oltre. Rifletterò su quel che hai detto. E ascolterò attentamente quel che avrai da dire nel seguito, e troverò un'occasione che s'addica, insieme, e a udire e a rispondere di tali questioni così importanti. Fino allora, o mio nobile amico, medita su questo: Bruto preferirebbe essere un oscuro villano piuttosto che sapersi figlio di Roma nelle dure condizioni che questi tempi minacciano di volerci imporre.

CASSIO Son contento che le mie deboli parole abbiano acceso pur questa piccola parvenza di fuoco nell'animo di Bruto.

Entra CESARE con il suo seguito.

BRUTO I giuochi son terminati e Cesare ritorna.

CASSIO Mentre il corteo rientra, bada di tirare Casca per la manica, ed egli, con i modi sdegnosi che usa per solito, ti dirà tutto quel che, di notevole, s'è dato oggi.

BRUTO Così farò; ma fa' attenzione, Cassio: sulla fronte di Cesare riluce una piccola macchia di collera e tutti gli altri traggono dietro a lui, come un seguito di persone frustate. Anche la gota di Calpurnia è pallida, e Cicerone riguarda da quegli stessi occhi rossi e infuocati con i quali, in Campidoglio, come più volte abbiam visto, si dà a fissare un qualche Senatore che l'abbia contrariato.

CASSIO Casca ci dirà quel che è successo.

CESARE Antonio!

ANTONIO Cesare?

CESARE Vorrei che attorno a me ci fossero degli uomini piut-

Sleek-headed men, and such as sleep a-nights.
Yond Cassius has a lean and hungry look;
He thinks too much: such men are dangerous.

ANT. Fear him not, Cæsar, he's not dangerous.
He is a noble Roman, and well given.

CÆS. Would he were fatter! But I fear him not:
Yet if my name were liable to fear,
I do not know the man I should avoid
So soon as that spare Cassius. He reads much,
He is a great observer, and he looks
Quite through the deeds of men. He loves no plays,
As thou dost, Antony; he hears no music.
Seldom he smiles, and smiles in such a sort
As if he mock'd himself, and scorn'd his spirit
That could be mov'd to smile at any thing.
Such men as he be never at heart's ease
Whiles they behold a greater than themselves,
And therefore are they very dangerous.
I rather tell thee what is to be fear'd
Than what I fear; for always I am Cæsar.
Come on my right hand, for this ear is deaf,
And tell me truly what thou think'st of him.

[*Sennet. Exeunt Cæsar and his Train.*

CASCA. You pull'd me by the cloak. Would you speak with me?

BRU. Ay, Casca. Tell us what hath chanc'd to-day,
That Cæsar looks so sad.

CASCA. Why, you were with him, were you not?

BRU. I should not then ask Casca what had chanc'd.

CASCA. Why, there was a crown offer'd him; and, being offer'd him, he put it by with the back of his hand, thus; and then the people fell a-shouting.

BRU. What was the second noise for?

CASCA. Why, for that too.

CAS. They shouted thrice: what was the last cry for?

CASCA. Why, for that too.

BRU. Was the crown offer'd him thrice?

tosto grassi, e con la testa ben pettinata, e tali, insomma, che dormano la notte. Quel Cassio laggiù ha un aspetto troppo magro e affamato: pensa troppo, e uomini del genere sono pericolosi.

ANTONIO Non aver paura di lui, Cesare: egli non è pericoloso. È un nobile romano e si dice che sia persona di fama specchiata. Ed è anche ben disposto.

CESARE Vorrei soltanto che fosse un poco più grasso! Ma non è che io abbia paura di lui. Eppure, se il mio nome fosse suscettibile d'una qualche paura, non so quale altra persona starei tanto attento ad evitare quanto quello sparuto Cassio. Egli legge molto e si guarda sempre in giro con occhio intento, e penetra del suo sguardo le azioni degli uomini fino al loro più intimo segreto. E non gli piace di andare a teatro come pure a te piace, Antonio; né gli piace di ascoltare la musica. Sorride raramente e, quando lo fa, sembra che egli derida piuttosto se stesso e si prenda giuoco del proprio animo, che può essere indotto a sorridere di cose senza importanza. Uomini come lui non son buoni a trovar pace, quando vedono qualcuno che sia più grande di loro; ed è per questo che sono molto pericolosi. Ma ti vengo illustrando quel che debba temersi più di quanto non ti illustri quel ch'io temo: perché io sono sempre Cesare. Vieni alla mia destra, ché da questo orecchio son sordo e dimmi con tutta sincerità quel che pensi di lui...

[*Squilli di tromba. Exeunt Cesare e il suo seguito.*

CASCA Mi hai tirato per il mantello: vuoi dirmi qualcosa?

BRUTO Sì, Casca: racconta quel che è successo quest'oggi, e perché Cesare aveva quell'aspetto così abbattuto.

CASCA Ma come? non eri anche tu con lui?

BRUTO Se fossi stato con lui, non chiederei a Casca quel ch'è successo.

CASCA Ebbene: gli è stata offerta una corona; e dopo che gli fu offerta, egli l'ha respinta, col dorso della mano, così. E allora il popolo s'è messo a gridare.

BRUTO E quale fu la ragione delle grida che seguirono?

CASCA La ragione fu ancora e sempre la stessa.

CASSIO Hanno gridato tre volte: e perché han gridato l'ultima?

CASCA Sempre per la stessa ragione.

BRUTO Gli hanno dunque offerto la corona tre volte?

CASCA. Ay, marry, was't, and he put it by thrice, every time gentler than other; and at every putting-by mine honest neighbours shouted.

CAS. Who offered him the crown?

CASCA. Why, Antony.

BRU. Tell us the manner of it, gentle Casca.

CASCA. I can as well be hang'd as tell the manner of it: it was mere foolery; I did not mark it. I saw Mark Antony offer him a crown; yet 'twas not a crown neither, 'twas one of these coronets; and, as I told you, he put it by once; but for all that, to my thinking, he would fain have had it. Then he offered it to him again; then he put it by again; but to my thinking, he was very loath to lay his fingers off it. And then he offered it the third time. He put it the third time by; and still as he refus'd it, the rabblement hooted, and clapp'd their chopt hands, and threw up their sweaty night-caps, and uttered such a deal of stinking breath because Cæsar refus'd the crown, that it had, almost, choked Cæsar; for he swounded, and fell down at it. And for mine own part, I durst not laugh, for fear of opening my lips and receiving the bad air.

CAS. But soft, I pray you; what, did Cæsar swound?

CASCA. He fell down in the market-place, and foam'd at mouth, and was speechless.

BRU. 'Tis very like; he hath the falling-sickness.

CAS. No, Cæsar hath it not; but you, and I,
And honest Casca, we have the falling-sickness.

CASCA. I know not what you mean by that, but I am sure Cæsar fell down. If the tag-rag people did not clap him and hiss him, according as he pleas'd and displeas'd them, as they use to do the players in the theatre, I am no true man.

BRU. What said he when he came unto himself?

CASCA. Marry, before he fell down, when he perceiv'd the common herd was glad he refus'd the crown, he pluck'd me ope his doublet, and offer'd them his throat to cut. And I had been a

CASCA Sì, per la madonna, e per tre volte l'ha respinta; ma ogni volta in modo un poco più gentile e fiacco che la precedente; ed ogni volta che la rifiutava, gli onesti miei vicini gridavano.

CASSIO E chi gli ha offerto la corona?

CASCA Antonio.

BRUTO Raccontaci il modo, buon Casca.

CASCA Sarebbe più facile farmi impiccare che raccontarvi come l'ha rifiutata. È stata tutta una gran commedia! né dovetti farci troppa attenzione. Ho visto Marc'Antonio mentre gli offriva la corona... ma non era proprio una corona: era piuttosto uno di quei piccoli diademi... e, come vi ho detto, Cesare l'ha respinta. Allora Antonio gliel'ha offerta nuovamente, ed egli nuovamente l'ha respinta: ma pure io credo che gli dispiacesse alquanto di staccarne le dita. La corona, allora, gli fu offerta per una terza volta, e per la terza volta egli l'ha rifiutata; ma mentre la rifiutava la plebaglia si è messa ad urlare e a battere le mani screpolate e a gettare in aria i berretti unti e bisunti, e, insomma, ad esalare una tale abbondanza di fiato maleodorante perché Cesare rifiutava la corona, che Cesare ne fu quasi soffocato. E difatto, a un certo punto, è anche svenuto ed è caduto in terra, e a me è mancato persino l'animo di mettermi a ridere, per tema che, aprendo la bocca, avrei dovuto respirare tutta quell'aria malsana.

CASSIO Di grazia, te ne prego: Cesare è dunque proprio svenuto?

CASCA È caduto per terra in mezzo al foro, gli è venuta la bava alla bocca e, per un tratto, non ha potuto nemmeno articolar parola.

BRUTO È molto probabile, infatti: ha il mal caduco.

CASSIO No, Cesare non l'ha; ma sei tu, piuttosto, ed io ed anche l'onesto Casca, siam tutti noi ad avere il mal caduco.

CASCA Non so bene che cosa tu voglia significar con questo. Pure sono sicuro che Cesare è caduto a terra. E se la plebe cenciosa non lo applaudiva e insieme non lo fischiava, a seconda che egli piaceva o dispiaceva loro, al modo che fanno con gli attori in teatro, non fidatevi più di me.

BRUTO E che ha detto, quando è tornato in sé?

CASCA Per la vergine, innanzi di cadere, com'egli vide che la mandria comune era contenta ch'egli avesse rifiutato la corona, aperse la veste ed offerse loro la gola perché la tagliassero, e se io

man of any occupation, if I would not have taken him at a word, I would I might go to hell among the rogues. And so he fell. When he came to himself again, he said, if he had done or said anything amiss, he desir'd their worships to think it was his infirmity. Three or four wenches, where I stood, cried, "Alas, good soul," and forgave him with all their hearts; but there's no heed to be taken of them; if Cæsar had stabb'd their mothers, they would have done no less.

BRU. And after that, he came thus sad away?

CASCA. Ay.

CAS. Did Cicero say anything?

CASCA. Ay, he spoke Greek.

CAS. To what effect?

CASCA. Nay, and I tell you that, I'll ne'er look you i' th' face again. But those that understood him smil'd at one another, and shook their heads; but for mine own part, it was Greek to me. I could tell you more news too: Marullus and Flavius, for pulling scarfs off Cæsar's images, are put to silence. Fare you well. There was more foolery yet, if I could remember it.

CAS. Will you sup with me to-night, Casca?

CASCA. No, I am promis'd forth.

CAS. Will you dine with me to-morrow?

CASCA. Ay, if I be alive, and your mind hold, and your dinner worth the eating.

CAS. Good. I will expect you.

CASCA. Do so. Farewell, both. [*Exit.*

BRU. What a blunt fellow is this grown to be!
He was quick mettle when he went to school.

CAS. So is he now in execution
Of any bold or noble enterprise,
However he puts on this tardy form.
This rudeness is a sauce to his good wit,
Which gives men stomach to disgest his words
With better appetite.

BRU. And so it is. For this time I will leave you.
To-morrow, if you please to speak with me,
I will come home to you; or if you will,
Come home to me, and I will wait for you.

fossi stato un artigiano qualsiasi e non l'avessi preso in parola, vorrei andarmene all'inferno in mezzo alla canaglia... e insomma: cadde a terra. E quando tornò in sé, disse che se gli fosse accaduto di fare o di dire qualcosa di errato desiderava che le loro signorie volessero attribuirlo alla sua infermità. Tre o quattro fanciulle ch'erano vicino a me, gridarono allora: «Oh, che anima gentile!», e gli perdonarono di tutto cuore. Ma non occorre dare a tutto questo troppa importanza, perché anche se Cesare avesse pugnalato le loro madri, esse non avrebbero al certo fatto nulla di diverso.

BRUTO E dopo di ciò, se n'è venuto via tutto rattristato.

CASCA Sì.

CASSIO E Cicerone ha detto qualcosa?

CASCA Sì, ha parlato in greco.

CASSIO Ed a qual fine?

CASCA Se te lo dicessi, non potrei poi guardarti più in viso. Ma coloro che son riusciti a sentirlo, si son rimandati l'un l'altro dei sorrisi e quindi han scosso il capo. Ma per conto mio, insisto a dire ch'era greco. Potrei darti anche altre notizie: Marullo e Flavio, per aver strappato le sciarpe dalle statue di Cesare, sono stati messi in gattabuia. Addio. Se potessi ricordarmele tutte, ti racconterei anche di tante altre cose da prendere in riso.

CASSIO Vuoi cenare con me, stasera, Casca?

CASCA No, ché ho preso impegni altrove.

CASSIO E allora, vuoi cenare con me domani?

CASCA Sì, se sarò ancor vivo e tu sarai dello stesso parere, e soprattutto se il tuo pranzo varrà la pena d'esser mangiato.

CASSIO Bene: allora ti aspetto.

CASCA D'accordo. Vi saluto entrambi. [*Exit.*

BRUTO Come s'è fatto aspro e scontroso! Aveva un'indole così allegra e vivace, quand'era a scuola!

CASSIO La stessa che ha ora, quando si tratti di mandare a esecuzione una qualche impresa nobile e coraggiosa, nonostante egli si rivesta di codesta affettazione d'indifferenza. Questa sua rozzezza è il condimento del suo vivo ingegno, e procura alle persone lo stomaco adatto a digerire con miglior appetito le sue parole.

BRUTO Proprio così! Per il momento, ti lascio: domani, se ti piacerà di parlare con me, verrò a casa tua; e se invece preferisci venir tu da me, avrò piacere di aspettarti.

CAS. I will do so: till then, think of the world. [*Exit Brutus.*

Well, Brutus, thou art noble; yet I see
Thy honourable mettle may be wrought
From that it is dispos'd: therefore 'tis meet
That noble minds keep ever with their likes;
For who so firm that cannot be seduc'd?
Cæsar doth bear me hard; but he loves Brutus.
If I were Brutus now, and he were Cassius,
He should not humour me. I will this night,
In several hands, in at his windows throw,
As if they came from several citizens,
Writings, all tending to the great opinion
That Rome holds of his name; wherein obscurely
Cæsar's ambition shall be glanced at.
And after this, let Cæsar seat him sure,
For we will shake him, or worse days endure. [*Exit.*

SCENE III

[The Same. A Street.]

Thunder and lightning. Enter CASCA and CICERO [, meeting].

CIC. Good even, Casca: brought you Cæsar home?
Why are you breathless? and why stare you so?

CASCA. Are you not mov'd, when all the sway of earth
Shakes like a thing unfirm? O Cicero,
I have seen tempests, when the scolding winds
Have riv'd the knotty oaks; and I have seen
Th' ambitious ocean swell and rage and foam,
To be exalted with the threat'ning clouds;
But never till to-night, never till now,
Did I go through a tempest dropping fire.
Either there is a civil strife in heaven,
Or else the world, too saucy with the gods,
Incenses them to send destruction.

CIC. Why, saw you any thing more wonderful?

CASCA. A common slave, you know him well by sight,
Held up his left hand, which did flame and burn
Like twenty torches join'd; and yet his hand,

CASSIO Verrò, e fino a quel momento pensa pure allo stato dei nostri negozii. [*Exit Bruto.*] Ebbene, o Bruto, tu sei nobile: eppure m'avvedo che il tuo metallo così onorato può anche esser lavorato in modo da farlo deviare dal proposito a cui tende. È opportuno, quindi, che gli spiriti nobili si tengano vicini a quegli altri spiriti che loro somigliano, perché chi è mai tanto saldo che non possa, in qualche misura, essere sedotto? Cesare non mi ama, ma ama invece Bruto. Se io fossi Bruto ed egli Cassio, Cesare non riuscirebbe a trarmi dalla sua. Stanotte getterò, per le sue finestre, alcuni scritti vergati con diverse calligrafie, come se venissero da diversi cittadini, nei quali sarà esposto e dichiarato il grande onore onde Roma circonda il nome suo: e in quelli sarà accennato, in modo indiretto ed oscuro, all'ambizione di Cesare. Dopo di ciò, per quanto Cesare possa sedere ben saldo, lo scuoteremo dal suo seggio, ovvero ci prepareremo a sopportare giorni peggiori. [*Exit.*

SCENA III

La stessa.

Tuoni e lampi. Entrano, da parti diverse, CASCA e CICERONE.

CICERONE Buona sera, Casca. Hai accompagnato Cesare fino a casa? Perché sei rimasto senza fiato, e perché mi riguardi con gli occhi sbarrati?

CASCA Non riesci a commuoverti anche tu, quando tutto l'ordine della terra vacilla a questo modo, come cosa di poco fondamento? O Cicerone! Ho veduto uragani durante i quali i venti, al colmo della furia, hanno sradicato persino le querce nodose, ed ho veduto il superbo oceano gonfiarsi e infuriare fino a toccare con la schiuma la minaccia delle nubi; eppure, prima di stanotte, non sono mai passato attraverso una tempesta nella quale cadessero gocce di fuoco. O nei cieli si combatte una guerra intestina, ovvero il mondo, troppo insolente verso gli dèi, tutti li ha provocati a mandarci in perdizione!

CICERONE Vedesti anche qualcos'altro di più meraviglioso?

CASCA Uno schiavo comune – dovresti conoscerlo, se non altro di vista – levò la mano sinistra e questa si tramutò in una fiamma e arse come venti fiaccole tutte riunite assieme, e nondi-

Not sensible of fire, remain'd unscorch'd.
Besides (I ha' not since put up my sword)
Against the Capitol I met a lion,
Who glaz'd upon me, and went surly by,
Without annoying me. And there were drawn
Upon a heap a hundred ghastly women,
Transformed with their fear, who swore they saw
Men, all in fire, walk up and down the streets.
And yesterday the bird of night did sit,
Even at noon-day, upon the market-place,
Hooting and shrieking. When these prodigies
Do so conjointly meet, let not men say,
"These are their reasons, they are natural";
For I believe, they are portentous things
Unto the climate that they point upon.
CIC. Indeed, it is a strange-disposed time:
But men may construe things, after their fashion,
Clean from the purpose of the things themselves.
Come Cæsar to the Capitol to-morrow?
CASCA. He doth; for he did bid Antonius
Send word to you he would be there to-morrow.
CIC. Good night then, Casca: this disturbed sky
Is not to walk in.
CASCA. Farewell, Cicero. [*Exit Cicero.*

Enter CASSIUS.

CAS. Who's there?
CASCA. A Roman.
CAS. Casca, by your voice.
CASCA. Your ear is good. Cassius, what night is this!
CAS. A very pleasing night to honest men.
CASCA. Who ever knew the heavens menace so?
CAS. Those that have known the earth so full of faults.
For my part, I have walk'd about the streets,
Submitting me unto the perilous night,
And, thus unbraced, Casca, as you see,
Have bar'd my bosom to the thunder-stone;
And when the cross blue lightning seem'd to open

meno, come fosse insensibile al fuoco, la mano rimase incombusta; senza contare – da allora non ho più potuto riporre la spada nel fodero – che al Campidoglio mi sono incontrato con un leone che mi ha guardato fisso e quindi se n'è andato via, senza molestarmi, con un'occhiata torva. Ed ivi, tutte in un mucchio, vid'io tratte cento donne spettrali trasfigurate dalla paura, che giuravano d'aver veduto uomini ardenti mentre passeggiavano su e giù per le strade. E ieri, l'uccello notturno si è posato nel foro persino a mezzogiorno, ululando e stridendo! Quando tutti questi portenti si diano insieme, gli uomini non dicano: «Eccone le ragioni; si tratta di cose affatto naturali!», poiché, com'io credo, si tratta invece di cose gravi di conseguenze per i luoghi verso cui s'indirizzano.

CICERONE È vero che questi nostri tempi sono stranamente disposti. Ma gli uomini possono anche interpretare le cose a modo loro e affatto contrariamente a quel che le cose significano. Cesare verrà in Campidoglio anche domani.

CASCA Verrà anche domani. E infatti ha detto ad Antonio di avvertirvi che sarebbe andato anche domani.

CICERONE E allora buona notte, Casca; i cieli turbati ci consigliano di interrompere la nostra passeggiata.

CASCA Addio, Cicerone. [*Exit Cicerone.*

Entra CASSIO.

CASSIO Chi va là?

CASCA Un romano.

CASSIO Casca! Ti riconosco alla voce.

CASCA Il tuo orecchio è buono. Cassio, che notte è mai questa!

CASSIO Una notte invero gradevole, per le persone oneste.

CASCA Chi ha mai saputo che i cieli potessero farsi così minacciosi?

CASSIO Coloro che hanno inteso come la terra sia piena di colpe e di errori. Per quanto mi riguarda, ho passeggiato in strada esponendomi ai pericoli della notte e, discinto come mi vedi, o Casca, ho porto il mio petto nudo alla folgore. E quando la saet-

The breast of heaven, I did present myself
Even in the aim and very flash of it.
CASCA. But wherefore did you so much tempt the heavens?
It is the part of men to fear and tremble
When the most mighty gods by tokens send
Such dreadful heralds to astonish us.
CAS. You are dull, Casca, and those sparks of life
That should be in a Roman you do want,
Or else you use not. You look pale, and gaze,
And put on fear, and cast yourself in wonder,
To see the strange impatience of the heavens;
But if you would consider the true cause
Why all these fires, why all these gliding ghosts,
Why birds and beasts from quality and kind,
Why old men, fools, and children calculate,
Why all these things change from their ordinance,
Their natures, and pre-formed faculties,
To monstrous quality, why, you shall find
That heaven hath infus'd them with these spirits
To make them instruments of fear and warning
Unto some monstrous state.
Now could I, Casca, name to thee a man
Most like this dreadful night,
That thunders, lightens, opens graves, and roars
As doth the lion in the Capitol;
A man no mightier than thyself, or me,
In personal action, yet prodigious grown,
And fearful, as these strange eruptions are.
CASCA. 'Tis Cæsar that you mean, is it not, Cassius?
CAS. Let it be who it is: for Romans now
Have thews and limbs like to their ancestors;
But, woe the while! our fathers' minds are dead,
And we are govern'd with our mothers' spirits;
Our yoke and sufferance show us womanish.
CASCA. Indeed, they say the senators to-morrow
Mean to establish Cæsar as a king;
And he shall wear his crown by sea and land,
In every place, save here in Italy.
CAS. I know where I will wear this dagger then;
Cassius from bondage will deliver Cassius:

ta azzurra e serpeggiante parve lacerare il seno del cielo, mi sono offerto alla sua mira, alla sua stessa vampa.

CASCA E perché hai tentato i cieli fino a questo punto? Aver timore e tremare quando gli dèi onnipotenti, con i loro segni, ci inviano gli araldi per ispaventarci, fa parte del dovere di noi uomini.

CASSIO Sei piuttosto tardo ad afferrare il senso delle cose, Casca; e tutte quelle scintille di vita che dovrebbero pure trovarsi in un romano o ti mancano affatto, ovvero non ne fai alcun uso. Sei pallido e tieni gli occhi sbarrati, e sei tutto pieno di spavento e ti avvolgi tutto nello stupore al vedere la strana furia dei cieli. Ma se facessi tanto di considerare la vera causa di tutti questi fuochi e la ragione per la quale tutti questi spettri striscianti e questi uccelli e queste bestie si sviano dalla loro natura e dalla loro specie e perché dei vecchi si comportano da sciocchi e dei bambini, invece, ragionano come degli adulti e perché tutto ciò si diparte dal suo ordine, dalla sua natura e dalle sue facoltà originarie per togliere l'aspetto e la qualità di cosa mostruosa, troveresti facilmente che il cielo ha infuso in ognuno e in ogni cosa tutti quei caratteri per farne degli strumenti di paura e di ammonimento in previsione d'un qualche séguito di portenti; ora io potrei dirti il nome, o Casca, di un uomo affatto simile a questa paurosa notte, che tuona e sfolgora e spalanca le tombe e rugge come il leone sul Campidoglio... Un uomo che non è certo più potente di me o di te, per quanto si riferisce alle sue azioni personali, e che pure è diventato prodigioso e terribile quanto lo sono questi inusitati prodigi.

CASCA Intendi parlare di Cesare, non è vero, Cassio?

CASSIO Non importa chi sia, poiché ora i romani hanno muscoli e nervi come i loro antenati; ma, ahimè, morto è invece lo spirito dei nostri padri e noi siamo governati da quello delle nostre madri, e insomma il giogo che tolleriamo di portare fa capire a noi stessi che siamo più soltanto delle femmine.

CASCA Si dice, invero, che domani i Senatori abbiano l'intenzione di eleggere Cesare al trono regale. E così egli potrà portare la sua corona da per tutto, per terra e per mare, tranne che qui in Italia.

CASSIO So bene, allora, dove dovrò portare questo pugnale. Cassio libererà Cassio dal servaggio. In questo, o dèi, rendete

Therein, ye gods, you make the weak most strong;
Therein, ye gods, you tyrants do defeat.
Not stony tower, nor walls of beaten brass,
Nor airless dungeon, nor strong links of iron,
Can be retentive to the strength of spirit;
But life, being weary of these worldly bars,
Never lacks power to dismiss itself.
If I know this, know all the world besides,
That part of tyranny that I do bear
I can shake off at pleasure.

Thunder still.

CASCA. So can I:
So every bondman in his own hand bears
The power to cancel his captivity.
CAS. And why should Cæsar be a tyrant then?
Poor man! I know he would not be a wolf,
But that he sees the Romans are but sheep;
He were no lion, were not Romans hinds.
Those that with haste will make a mighty fire
Begin it with weak straws. What trash is Rome,
What rubbish, and what offal, when it serves
For the base matter to illuminate
So vile a thing as Cæsar! But, O grief,
Where hast thou led me? I, perhaps, speak this
Before a willing bondman; then I know
My answer must be made. But I am arm'd,
And dangers are to me indifferent.
CASCA. You speak to Casca, and to such a man
That is no fleering tell-tale. Hold, my hand:
Be factious for redress of all these griefs,
And I will set this foot of mine as far
As who goes furthest.
CAS. There's a bargain made.
Now know you, Casca, I have mov'd already
Some certain of the noblest-minded Romans
To undergo with me an enterprise
Of honourable-dangerous consequence;
And I do know, by this they stay for me

fortissimi i deboli; in questo, o dèi, segnate la sconfitta dei tiranni: né torri di pietra, né muraglie di rame battuto, né segrete senza aria, né saldi vincoli di ferro possono tenere a freno la forza dello spirito; la vita, bensì, stanca di questi ceppi mondani, non resta mai priva della facoltà di congedarsi. Se faccio tanto di saper tutto questo, sappia anche il mondo intero che quella parte della tirannia che ancor tollero, la posso scuotere da me quando ch'io voglia.

Riprende a tuonare.

CASCA L'eguale accade a me: e così ogni schiavo reca nella sua mano il potere di sopprimere la sua cattività.

CASSIO E allora, perché Cesare dovrebbe essere un tiranno? Pover'uomo! So bene ch'egli si guarderebbe dall'essere un lupo, se non si fosse accorto che i romani non sono altro che pecore: non sarebbe un leone, se i romani non fossero cerbiatti. Chi desidera veder divampare un gran fuoco in un tempo breve, lo accende con delle piccole pagliuzze. E quale mai fascina di poveri stecchi, quale rifiuto e quale immondizia non è Roma, ove debba servire appena da materia vile per gettar una breve luce su una cosa volgare quanto Cesare? Ma, o dolore, a che mi hai condotto? Forse dico tutto questo proprio a uno che s'è già fatto schiavo da se stesso, ed allora io so che dovrò rispondere. Ma sono armato, e non ho paura del pericolo.

CASCA Tu parli a Casca, e cioè a un uomo che non vorrà farsi certamente spia e insieme continuare a sorridere. Tieni: ecco la mia mano. Raccogli pure un partito onde porre rimedio a questi mali, ed io farò avanzar questo mio piede di tanto quanto colui che più degli altri s'avanza.

CASSIO Il patto è concluso. Sappi ora, o Cassio, che ho già persuaso alcuni romani, tra quelli d'animo più nobile, a intraprendere qualcosa che comporta seco e il pericolo e l'onore; e so già che, a quest'ora sono atteso nel portico di Pompeo, poiché in

In Pompey's porch: for now, this fearful night,
There is no stir or walking in the streets;
And the complexion of the element
In favour's like the work we have in hand,
Most bloody, fiery, and most terrible.

Enter CINNA.

CASCA. Stand close awhile, for here comes one in haste.
CAS. 'Tis Cinna. I do know him by his gait.
He is a friend. Cinna, where haste you so?
CIN. To find out you. Who's that? Metellus Cimber?
CAS. No, it is Casca, one incorporate
To our attempts. Am I not stay'd for, Cinna?
CIN. I am glad on 't. What a fearful night is this!
There's two or three of us have seen strange sights.
CAS. Am I not stay'd for? Tell me.
CIN. Yes, you are.
O Cassius, if you could
But win the noble Brutus to our party—
CAS. Be you content. Good Cinna, take this paper,
And look you lay it in the praetor's chair,
Where Brutus may but find it; and throw this
In at his window; set this up with wax
Upon old Brutus' statue: all this done,
Repair to Pompey's porch, where you shall find us.
Is Decius Brutus and Trebonius there?
CIN. All but Metellus Cimber, and he's gone
To seek you at your house. Well, I will hie,
And so bestow these papers as you bade me.
CAS. That done, repair to Pompey's theatre. [*Exit Cinna.*
Come, Casca, you and I will yet ere day
See Brutus at his house: three parts of him
Is ours already, and the man entire
Upon the next encounter yields him ours.
CASCA. O, he sits high in all the people's hearts:

questa notte spaventosa non vi è né movimento né passeggio di gente in istrada, e la volta del cielo somiglia proprio l'opera che abbiamo tra mano, ed è infuocata di un rosso sanguigno da metter spavento.

CASCA Nasconditi un momento, poiché c'è qualcuno che sopraggiunge in fretta.

CASSIO È Cinna: lo riconosco al suo passo. È un amico.

Entra CINNA.

Cinna, dove ti affretti?

CINNA M'affretto in cerca di te. Chi è costui? È Metello Cimbro?[2]

CASSIO No, è Casca, che si è associato anche lui alla nostra impresa. Mi aspettano, Cinna?

CINNA Son contento. Quale notte orrenda è mai questa! Due o tre dei nostri han veduto di ben strani spettacoli.

CASSIO Mi aspettano? Parla.

CINNA Sì, ti aspettano, Cassio; ah, se riuscissi a guadagnare alla nostra fazione il nobile Bruto!

CASSIO Non preoccuparti, buon Cinna. Prendi questo foglio e vedi di metterlo nella sedia curule, là dove Bruto lo possa trovare. Quest'altro foglio lo getterai poi nella sua casa per la finestra. E quest'altro lo attaccherai con la cera alla statua dell'antico Bruto. Dopo aver fatto tutto questo, ti porterai sotto il portico di Pompeo, dove saremo ad attenderti. Decio[3] Bruto e Trebonio, sono già là?

CINNA Ci sono tutti, tranne Metello Cimbro, che è andato a cercarti nella tua casa. Va bene, mi affretterò a distribuire questi fogli al modo che m'hai ordinato.

CASSIO Quando avrai finito, ti porterai al teatro di Pompeo. [*Exit Cinna.*] Vieni, o Casca; tu ed io, innanzi che aggiorni, andremo a trovare Bruto nella sua casa. Tre parti di lui son già nostre, e l'uomo tutto intero vorrà arrendersi a noi al prossimo incontro.

CASCA Oh, egli si trova in luogo molto alto nel cuore del

[2] In realtà, L. Tullio Cimbro, come si legge nella vita di Bruto di Plutarco; ma non in quella di Cesare.

[3] Decimo. L'errore era nella traduzione dell'Amyot, da cui tradusse il North.

And that which would apper offence in us,
His countenance, like richest alchemy,
Will change to virtue and to worthiness.
CAS. Him and his worth and our great need of him
You have right well conceited. Let us go,
For it is after midnight; and ere day
We will awake him and be sure of him. [*Exeunt*.

popolo. E se fossimo soltanto noi a compiere l'impresa di che abbiamo discorso, essa potrebbe suonare fin oltraggiosa, ma se anch'egli vi consentisse, come per una preziosa alchimia, trasformerebbe ogni cosa in virtù e in merito.

CASSIO Giudichi molto bene e di lui e del suo valore, e del grande bisogno che ne abbiamo. Ma è passata già la mezzanotte e dobbiamo andare; innanzi giorno lo sveglieremo, e faremo in modo di renderci sicuri del suo sostegno. [*Exeunt*.

ACT II

SCENE I

[Rome.]

Enter BRUTUS in his Orchard.

BRU. What, Lucius, ho!
I cannot, by the progress of the stars,
Give guess how near to day. Lucius, I say!
I would it were my fault to sleep so soundly.
When, Lucius, when? Awake, I say! What, Lucius!

Enter LUCIUS.

LUC. Call'd you, my lord?
BRU. Get me a taper in my study, Lucius:
When it is lighted, come and call me here.
LUC. I will, my lord. [*Exit.*
BRU. It must be by his death: and for my part,
I know no personal cause to spurn at him,
But for the general. He would be crown'd:
How that might change his nature, there's the question.
It is the bright day that brings forth the adder,
And that craves wary walking. Crown him? – that; –
And then, I grant, we put a sting in him,
That at his will he may do danger with.
Th'abuse of greatness is when it disjoins
Remorse from power; and, to speak truth of Cæsar
I have not known when his affections sway'd
More than his reason. But 'tis a common proof,

ATTO SECONDO

SCENA PRIMA

Roma. Il giardino di Bruto.

Entra BRUTO.

BRUTO Ehilà, Lucio, ehi! Al moto delle stelle non riesco a indovinare quanto sia prossimo il giorno... Lucio, ho detto! Vorrei avere anch'io lo stesso difetto di dormir sodo. Ordunque, Lucio! Svegliati, ho detto, ehilà, Lucio!

Entra LUCIO.

LUCIO Mi avete chiamato, signore?

BRUTO Porta di là, nel mio studio, un cero; e quand'è acceso, vieni a chiamarmi.

LUCIO Obbedisco, signore. [*Exit*.

BRUTO Dev'essere col mezzo della sua morte. Per parte mia, non conosco alcun motivo personale per oppormi a lui, se non sia per il bene comune. Egli vorrebbe essere incoronato re! Oh, quanto tutto questo potrebbe cangiargli il carattere; questo è il problema: è proprio la splendida giornata che induce la serpe ad uscire dalla sua tana, e allora tanto più occorre andare innanzi con circospezione. Incoronarlo?... proprio così! ma a questo modo, lo ammetto anch'io, mettiamo nelle sue stesse mani un pungolo che gli consentirà di nuocere a suo talento. L'abuso della grandezza si offre tutte le volte in cui essa disgiunge la pietà dalla potenza. E per dire tutta la verità attorno a Cesare, io non son mai riuscito a capire quando i suoi sentimenti l'hanno dominato più che la sua ragione. Pure, l'esperienza comune prova che

That lowliness is young ambition's ladder,
Whereto the climber-upward turns his face;
But when he once attains the upmost round,
He then unto the ladder turns his back,
Looks in the clouds, scorning the base degrees
By which he did ascend. So Cæsar may;
Then lest he may, prevent. And since the quarrel
Will bear no colour for the thing he is,
Fashion it thus: that what he is, augmented,
Would run to these and these extremities;
And therefore think him as a serpent's egg,
Which, hatch'd, would, as his kind, grow mischievous,
And kill him in the shell.

Enter LUCIUS.

LUC. The taper burneth in your closet, sir.
Searching the window for a flint, I found
This paper, thus seal'd up; and I am sure
It did not lie there when I went to bed.
[*Gives him the letter.*]
BRU. Get you to bed again; it is not day.
Is not to-morrow, boy, the ides of March?
LUC. I know not, sir.
BRU. Look in the calendar, and bring me word.
LUC. I will, sir. [*Exit.*
BRU. The exhalations whizzing in the air
Give so much light that I may read by them.
[*Opens the letter, and reads.*]
"Brutus, thou sleep'st: awake, and see thyself.
Shall Rome, etc. Speak, strike, redress!"
"Brutus, thou sleep'st; awake!"
Such instigations have been often dropp'd
Where I have took them up.
"Shall Rome, etc." Thus must I piece it out:
Shall Rome stand under one man's awe? What, Rome?
My ancestors did from the streets of Rome
The Tarquin drive, when he was call'd a king.
"Speak, strike, redress!" Am I entreated
To speak, and strike? O Rome, I make thee promise,

l'umiltà è la scala di una giovane ambizione, cui tien fisso il volto chi sale; ma, come abbia raggiunto l'ultimo gradino, volge egli allora le spalle alla scala e rimira le nubi, spregiando i gradini più bassi ond'egli è asceso. E così potrebbe accadere di Cesare. E quindi, per timore ch'egli giunga a tanto, occorre che noi lo preveniamo. E poiché la ragione della contesa non avrebbe fondamento se si tenesse conto soltanto di quel che egli è ora, la questione sia posta così: che quel che egli è, una volta aumentato, condurrebbe a tali e tanti estremi, che, considerato come un uovo di serpente, il quale, covato, per la sua stessa natura si ridurrebbe ad esser nocivo, dobbiamo ucciderlo quand'è ancora nel guscio.

Rientra LUCIO.

LUCIO Il cero arde nel vostro gabinetto, signore. Mentre cercavo sul davanzale la pietra focaia, ho trovato questo foglio sigillato. [*Gli porge una carta.*] Pure son certo che, quando sono andato a letto, non c'era.

BRUTO E allora torna pure a letto, ché ancora non s'è fatto giorno. Domani non cadon forse le idi di marzo, ragazzo?

LUCIO Non so, signore.

BRUTO Guarda nel calendario e vieni a dirmelo.

LUCIO Così farò, signore. [*Exit.*

BRUTO Le meteore che sìbilano nell'aria mettono una luce così intensa che posso leggere. [*Apre il piego e legge.*] «Bruto, tu dormi; svegliati e cerca di riconoscere te stesso. Dovrà forse Roma, ecc., parla, colpisci, raddrizza!» — «Bruto, tu dormi: svegliati!» Tali istigazioni sono state spesso lasciate cadere in luogo dov'io l'ebbi poi a raccogliere. «Deve forse Roma, ecc.» Così debbo completare il senso di questa frase monca: Deve forse Roma vivere nel terrore di un uomo solo? Come? Roma? I miei antenati scacciarono Tarquinio dalle strade di Roma quand'egli si fece chiamare re. «Parla, colpisci, raddrizza!» Mi si chiede forse di parlare, e di colpire? O Roma, io ti prometto che, se sia

If the redress will follow, thou receivest
Thy full petition at the hand of Brutus.

Enter LUCIUS.

LUC. Sir, March is wasted fifteen days. [*Knock within.*]
BRU. 'Tis good. Go to the gate; somebody knocks.
[*Exit Lucius.*]
Since Cassius first did whet me against Cæsar,
I have not slept.
Between the acting of a dreadful thing
And the first motion, all the interim is
Like a phantasma, or a hideous dream:
The genius and the mortal instruments
Are then in council; and the state of man,
Like to a little kingdom, suffers then
The nature of an insurrection.

Enter LUCIUS.

LUC. Sir, 'tis your brother Cassius at the door,
Who doth desire to see you.
BRU. Is he alone?
LUC. No, sir, there are moe with him.
BRU. Do you know them?
LUC. No, sir, their hats are pluck'd about their ears,
And half their faces buried in their cloaks,
That by no means I may discover them
By any mark of favour.
BRU. Let'em enter. [*Exit Lucius.*]
They are the faction. O conspiracy,
Sham'st thou to show thy dangerous brow by night,
When evils are most free? O, then by day
Where wilt thou find a cavern dark enough
To mask thy monstrous visage? Seek none, conspiracy;
Hide it in smiles and affability:
For if thou path, thy native semblance on,
Not Erebus itself were dim enough
To hide thee from prevention.

possibile raddrizzare qualcosa, la tua preghiera sarà esaudita interamente per mano di Bruto!

Rientra LUCIO.

LUCIO Signore, marzo è stato già intaccato da quattordici giorni.

BRUTO Va bene. [*Si sente bussare.*] Qualcuno bussa. Va' pure ad aprire la porta. [*Exit Lucio.*] Da quando la prima volta Cassio mi ha provocato contro Cesare, non sono mai più riuscito a dormire. Tra il primo impulso a compiere una terribile azione, e il suo effettivo compimento, tutto il tempo che si interpone è simile a un incubo o a un sogno pauroso: tengono allora consiglio e il nostro spirito e gli strumenti di morte; e il dominio dell'uomo, simile a un piccolo regno, soffre, entro di sé, una sorta di rivoluzione.

Rientra LUCIO.

LUCIO Mio signore, vostro cognato[1] Cassio è giù alla porta e desidera incontrarsi con voi.

BRUTO È solo?

LUCIO No, signore: ci sono, insieme a lui, altre persone.

BRUTO Li conosci?

LUCIO No, signore, perché si sono calcati i cappelli fin sulle orecchie e i loro volti sono a metà seppelliti dentro i ferraiuoli, così che per nessun segno posso riconoscerli.

BRUTO Falli entrare. [*Exit Lucio.*] Sono i congiurati. O tu, cospirazione, hai forse vergogna di mostrare il tuo volto pericoloso alla notte, quando tutti i delitti possono darsi con la più piena libertà? E riuscirai, di giorno, a trovare una spelonca tanto buia da mascherare il tuo volto terribile? Non cercarne alcuna, o cospirazione, ma nasconditi invece sotto i sorrisi più affabili, perché se vai attorno con il tuo aspetto naturale, l'Erebo stesso non sarebbe tenebroso a sufficienza per rubarti agli sguardi di colui che potesse scoprire le tue intenzioni.

[1] Cassio aveva tolto in moglie Giunia, sorella di Bruto.

Enter the Conspirators, CASSIUS, CASCA, DECIUS, CINNA, METELLUS [CIMBER], and TREBONIUS.

CAS. I think we are too bold upon your rest:
Good morrow, Brutus. Do we trouble you?
BRU. I have been up this hour, awake all night.
Know I these men that come along with you?
CAS. Yes, every man of them; and no man here
But honours you; and every one doth wish
You had but that opinion of yourself
Which every noble Roman bears of you.
This is Trebonius.
BRU. He is welcome hither.
CAS. This, Decius Brutus.
BRU. He is welcome too.
CAS. This, Casca; this, Cinna; and this, Metellus Cimber.
BRU. Thery are all welcome.
What watchful cares do interpose themselves
Betwixt your eyes and night?
CAS. Shall I entreat a word?

They whisper.

DEC. Here lies the east: doth not the day break here?
CASCA. No.
CIN. O, pardon, sir, it doth; and yon grey lines
That fret the clouds are messengers of day.
CASCA. You shall confess that you are both deceiv'd.
Here, as I point my sword, the sun arises,
Which is a great way growing on the south,
Weighing the youthful season of the year.
Some two months hence, up higher toward the north
He first presents his fire; and the high east
Stands, as the Capitol, directly here.
BRU. Give me your hands all over, one by one.
CAS. And let us swear our resolution.
BRU. No, not an oath. If not the face of men,
The sufferance of our souls, the time's abuse—
If these be motives weak, break off betimes,
And every man hence to his idle bed.

Entrano i Congiurati: CASSIO, CASCA, DECIO, CINNA, METELLO CIMBRO e TREBONIO.

CASSIO Ho paura che siamo stati troppo arditi nel turbare il tuo riposo. Buon giorno, Bruto: ti disturbiamo?

BRUTO Sono già alzato da un'ora, e son stato sveglio tutta la notte. Conosco tutti coloro che qui si sono accompagnati a te?

CASSIO Sì, li conosci tutti; e non c'è un sol uomo in mezzo a loro che non ti veneri e t'onori. E ognuno non vorrebbe altro se non che tu avessi, di te, la stessa opinione che di te intrattiene ogni nobile romano. Questo è Trebonio.

BRUTO È il benvenuto.

CASSIO E questo è Decio Bruto.

BRUTO È benvenuto anche lui.

CASSIO E questo è Casca, e questo è Cinna. Questo è Metello Cimbro.

BRUTO Il benvenuto a tutti, in questa casa. Quali sono le vigili cure che si interpongono tra i vostri occhi e la notte?

CASSIO Posso dirti una parola?

BRUTO e CASSIO parlano, in disparte, a bassa voce.

DECIO Questo è l'oriente: il sole non sorge forse da questa parte?

CASCA Non credo.

CINNA Devi scusarmi, ma è proprio l'oriente. Quelle strisce grige che orlano le nubi sono messaggere del giorno.

CASCA Dovrete confessare entrambi d'esservi ingannati. Il sole sorge da quel luogo dove io punto la spada; ed è ancora spostato, per un ampio tratto, verso il meridione, data la stagione dell'anno ancor giovane. Tra due mesi, ancora più in alto, prenderà a offrire il suo fuoco verso settentrione. Quanto all'oriente, se ne sta, come il Campidoglio, in questa precisa direzione. [*Punta la spada.*]

BRUTO Datemi tutti la mano, uno dopo l'altro.

CASSIO E giuriamo di mantenere il nostro patto.

BRUTO No, non voglio alcun giuramento. Se non sono sufficienti i volti degli uomini, le pene del nostro spirito, l'oltraggio dei tempi... se tutto questo costituisce un motivo troppo fiacco, è meglio per noi troncare per tempo la nostra riunione e che ognuno se ne torni al suo letto ozioso, e che la tirannide arrogante

So let high-sighted tyranny range on,
Till each man drop by lottery. But if these,
As I am sure they do, bear fire enough
To kindle cowards and to steel with valour
The melting spirits of women, then, countrymen,
What need we any spur but our own cause
To prick us to redress? what other bond
Than secret Romans, that have spoke the word,
And will not palter? and what other oath
Than honesty to honesty engag'd,
That this shall be, or we will fall for it?
Swear priests and cowards, and men cautelous,
Old feeble carrions, and such suffering souls
That welcome wrongs; unto bad causes swear
Such creatures as men doubt; but do not stain
The even virtue of our enterprise,
Nor th' insuppressive mettle of our spirits,
To think that or our cause or our performance
Did need an oath; when every drop of blood
That every Roman bears, and nobly bears,
Is guilty of a several bastardy,
If he do break the smallest particle
Of any promise that hath pass'd from him.

CAS. But what of Cicero? Shall we sound him?
I think he will stand very strong with us.

CASCA. Let us not leave him out.

CIN. No, by no means.

MET. O, let us have him, for his silver hairs
Will purchase us a good opinion,
And buy men's voices to commend our deeds.
Is shall be said his judgment rul'd our hands;
Our youths and wildness shall no whit appear,
But all be buried in his gravity.

BRU. O, name him not; let us not break with him;
For he will never follow any thing
That other men begin.

CAS. Then leave him out.

CASCA. Indeed he is not fit.

DEC. Shall no man else be touch'd but only Cæsar?

CAS. Decius, well urg'd. I think it is not meet,

prosegua pure lungo il suo cammino, fino a quando ogni uomo cada, come la sua sorte ha stabilito. Ma, se le nostre ragioni – come sono sicuro – hanno in sé il fuoco sufficiente a infiammare anche le persone più vili e a temprare di coraggio fino gli animi deboli delle donne, allora, o concittadini, quale bisogno abbiamo noi di uno sprone, oltre quello della nostra causa, che ci spinga a trovare un rimedio? Quale altro vincolo, oltre quello di accorti romani che hanno dato parola e che non vogliono saperne di equivocare? E quale altro giuramento, se non l'onestà all'onestà impegnata, affinché questo si dia o che altrimenti, per questo, si cada? Che giurino pure i preti e i vigliacchi, i furbi e i traditori, e le vecchie carogne senza più forza alcuna, e, insomma, simili anime tolleranti, le quali tutte accolgono con compiacimento le offese; e fate giurare per cause perse quelle creature delle quali si sospetta, ma non vogliate macchiare la chiara virtù della nostra intrapresa o il coraggio degli animi nostri, che non soffre alcun freno, col pensare che la nostra causa e la sua esecuzione richiedano un giuramento, quando ogni goccia di sangue che scorre nelle vene di ogni romano, e che vi scorre nobilmente, diviene colpevole di ripetute bastardaggini, se egli infrange la minima parte di una qualsiasi promessa che gli volle mai uscir di bocca.

CASSIO E Cicerone? Dobbiamo sondare anche lui? Io penso che egli si schiererà in modo deciso dalla nostra parte.

CASCA Non lo lasciamo fuori. Procuriamo di non lasciarlo fuori.

CINNA No, per nessuna ragione.

METELLO CIMBRO Cerchiamo di averlo con noi, poiché i suoi capelli d'argento acquisteranno a noi l'opinione buona del popolo e ci compreranno i suffragi per lodare le nostre azioni. E si dirà che a guidare le nostre mani è stato il suo giudizio. La nostra giovinezza e la nostra audacia, in tal modo, non vorranno mostrarsi troppo, e tutto sarà sepolto nella sua saggezza.

BRUTO Non si faccia nemmeno il suo nome! Non apriamoci per null'affatto con lui: ché non intende mai seguitare una qualche impresa iniziata da altre persone.

CASSIO E allora converrà lasciarlo fuori.

CASCA In verità, egli non è per nulla adatto a questa impresa.

DECIO E nessun altro sarà toccato, se non lui, Cesare?

CASSIO Hai detto bene, Decio. Io non credo, infatti, che Mar-

Mark Antony, so well belov'd of Cæsar,
Should outlive Cæsar: we shall find of him
A shrewd contriver; and you know, his means,
If he improve them, may well stretch so far
As to annoy us all; which to prevent,
Let Antony and Cæsar fall together.

BRU. Our course will seem too bloody, Caius Cassius,
To cut the head off and then hack the limbs,
Like wrath in death and envy afterwards;
For Antony is but a limb of Cæsar.
Let's be sacrificers, but not butchers, Caius.
We all stand up against the spirit of Cæsar,
And in the spirit of men there is no blood.
O, that we then could come by Cæsar's spirit,
And not dismember Cæsar! But, alas,
Cæsar must bleed for it. And, gentle friends,
Let's kill him boldly, but not wrathfully;
Let's carve him as a dish fit for the gods,
Not hew him as a carcass fit for hounds.
And let our hearts, as subtle masters do,
Stir up their servants to an act of rage,
And after seem to chide 'em. This shall make
Our purpose necessary, and not envious;
Which so appearing to the common eyes,
We shall be call'd purgers, not murderers.
And for Mark Antony, think not of him;
For he can do no more than Cæsar's arm
When Cæsar's head is off.

CAS. Yet I fear him;
For in the ingrafted love he bears to Cæsar—

BRU. Alas, good Cassius, do not think of him:
If he love Cæsar, all that he can do
Is to himself: take thought, and die for Cæsar.
And that were much he should; for he is given
To sports, to wildness, and much company.

TREB. There is no fear in him; let him not die;
For he will live, and laugh at this hereafter.

Clock strikes.

c'Antonio, il prediletto di Cesare, debba sopravvivere a Cesare. Noi troveremo certamente in lui un nemico astuto e pericoloso, e voi sapete bene che i suoi mezzi, ove egli li metta a frutto, possono facilmente pervenire a danneggiare tutti noi; e al fine d'impedire tutto questo, Antonio e Cesare dovranno cadere insieme.

BRUTO La nostra azione gronderebbe troppo sangue, o Caio Cassio, se tagliasssimo dapprima il capo e squartassimo quindi le membra, trasportati dapprima da ira mortale e quindi dall'odio; poiché Antonio non è altro che un membro di Cesare. Cerchiamo di essere dei sacerdoti sacrificali, ma non dei beccai, o Cassio. Noi tutti ci leviamo contro lo spirito di Cesare; e nello spirito degli uomini non c'è sangue: oh, se potessimo raggiungere lo spirito di Cesare senza per questo, di necessità, dover lacerare Cesare membro a membro! Ma ahimè, è forza che, per tutto questo, Cesare versi il suo sangue! E dunque, o nobili amici, uccidiamolo con coraggio ma non con ira; che si scalchi come un cibo degno degli dèi, ma che non lo si squarti come una carcassa da gettare ai cani. E che i nostri cuori, come degli scaltri padroni, spingano i loro servitori a un atto di violenza ed abbian dopo l'aria di muover loro rimprovero. Tutto questo farà in modo che il nostro proposito appaia necessario e non ispirato dall'odio, dimodoché, apparendo a questo modo agli occhi del volgo, ci si chiami con il nome di purificatori e non con quello di assassini. Quanto a Marc'Antonio, non dovete preoccuparvi per lui, dal momento che egli non può agire oltre il braccio di Cesare quando il capo di Cesare sia tagliato.

CASSIO Eppure io non mi sento sicuro di lui, poiché nell'affetto così ben radicato che egli porta a Cesare...

BRUTO Ahimè, buon Cassio, non devi preoccuparti: se egli porta affetto a Cesare, tutto quel che può fare è contro se medesimo, e cioè rimuginare e intristire nei suoi pensieri, e quindi morire per Cesare. E ch'egli lo faccia, sarebbe sempre un aspettarsi molto, troppo da lui, da che egli è portato, invece, ai giuochi, e a una cotale spensieratezza e alle compagnie allegre.

TREBONIO Non c'è da temere nulla, da lui, e quindi non dovrà morire, poiché, ove resti in vita, avrà ben di che ridere di tutto questo, dopo.

Suonano le ore.

BRU. Peace! count the clock.
CAS. The clock hath stricken three.
TREB. 'Tis time to part.
CAS. But it is doubtful yet
Whether Cæsar will come forth to-day or no;
For he is superstitious grown of late,
Quite from the main opinion he held once
Of fantasy, of dreams, and ceremonies.
It may be these apparent prodigies,
The unaccustom'd terror of this night,
And the persuasion of his augurers,
May hold him from the Capitol to-day.
DEC. Never fear that: if he be so resolv'd,
I can o'ersway him; for he loves to hear
That unicorns may be betray'd with trees,
And bears with glasses, elephants with holes,
Lions with toils, and men with flatterers;
But when I tell him he hates flatterers,
He says he does, being then most flattered.
Let me work;
For I can give his humour the true bent,
And I will bring him to the Capitol.
CAS. Nay, we will all of us be there to fetch him.
BRU. By the eighth hour: is that the uttermost?
CIN. Be that the uttermost, and fail not then.
MET. Caius Ligarius doth bear Cæsar hard,
Who rated him for speaking well of Pompey;
I wonder none of you have thought of him.
BRU. Now, good Metellus, go along by him:
He loves me well, and I have given him reasons;
Send him but hither, and I'll fashion him.
CAS. The morning comes upon's: we'll leave you, Brutus.
And, friends, disperse yourselves; but all remember
What you have said, and show yourselves true Romans.
BRU. Good gentlemen, look fresh and merrily.
Let not our looks put on our purposes,
But bear it as our Roman actors do,
With untir'd spirits and formal constancy.
And so good morrow to you every one.
[*Exeunt. Manet Brutus.*

BRUTO Zitti: contiamo i colpi.

CASSIO L'orologio ha battuto tre colpi.

TREBONIO È giunta l'ora di separarci.

CASSIO Eppure non è ancor certo se Cesare, oggi, voglia o non voglia uscire; perché di recente s'è fatto superstizioso, e si ritrova in grave contrasto con quel che una volta pensava delle fantasie, dei sogni e dei prodigi. Può darsi che i portenti, ormai a tutti palesi, e l'inconsueto terrore di questa notte, così come gli argomenti che gli offriranno i suoi àuguri, riescano, quest'oggi, a trattenerlo dal recarsi in Campidoglio.

DECIO Non dovete temere che questo accada. Anche s'egli ha deciso qualcosa, mi riesce sempre di persuaderlo a fare tutt'il contrario, perché gli piace di sentir dire che gli unicorni possono essere indotti in inganno per mezzo degli alberi, gli orsi per mezzo degli specchi, gli elefanti per mezzo delle buche, i leoni per mezzo delle reti e gli uomini, infine, per mezzo dell'adulazione. E quand'io gli dico che lui odia gli adulatori, ripete che, infatti, è proprio così; e proprio in quel punto, egli è adulato che più non si potrebbe. Lasciate fare a me, poiché so come indirizzare l'umor suo e come condurlo fino al Campidoglio.

CASSIO Saremo tutti là, per fargli da scorta.

BRUTO All'ora ottava. Non è forse questa l'ultima ora convenuta?

CINNA Sia quella l'ora ultima convenuta, e nessuno manchi.

METELLO Caio Ligario è irritato contro Cesare perché fu da lui rimproverato per aver detto bene di Pompeo. Mi sembra strano che nessuno di voi abbia pensato a lui.

BRUTO Mio buon Metello, passerai ora da casa sua; egli mi porta affetto ed io gliene ho data cagione: procura che egli venga da me, e saprò persuaderlo.

CASSIO L'alba è imminente. Ti lasciamo, Bruto. E voi, o amici, disperdetevi; ma non dimenticate quel che avete detto: sappiate dimostrarvi tutti autentici romani.

BRUTO Miei buoni signori, state tranquilli e d'umor lieto, e che il nostro aspetto esteriore non tradisca i nostri propositi; ma comportiamoci, invece, come i nostri attori romani, con spirito saldo e dignitosa fermezza. E così, il buongiorno a tutti. [*Exeunt*

Boy! Lucius! Fast asleep? It is no matter;
Enjoy the honey-heavy dews of slumber:
Thou hast no figures nor no fantasies
Which busy care draws in the brains of men;
Therefore thou sleep'st so sound.

Enter PORTIA.

POR. Brutus, my lord.

BRU. Portia, what mean you? Wherefore rise you now?
It is not for your health thus to commit
Your weak condition to the raw cold morning.

POR. Nor for yours neither. Y' have ungently, Brutus,
Stole from my bed; and yesternight at supper
You suddenly arose, and walk'd about,
Musing, and sighing, with your arms across;
And when I ask'd you what the matter was,
You star'd upon me with ungentle looks.
I urg'd you further; then you scratch'd your head,
And too impatiently stamp'd with your foot;
Yet I insisted, yet you answer'd not,
But with an angry wafture of your hand
Gave sign for me to leave you. So I did,
Fearing to strengthen that impatience
Which seem'd too much enkindled, and withal
Hoping it was but an effect of humour,
Which sometime hath his hour with every man.
It will not let you eat, nor talk, nor sleep;
And could it work so much upon your shape
As it hath much prevail'd on your condition,
I should not know you Brutus. Dear my lord,
Make me acquainted with your cause of grief.

BRU. I am not well in health, and that is all.

POR. Brutus is wise, and, were he not in health,
He would embrace the means to come by it.

BRU. Why, so I do. Good Portia, go to bed.

POR. Is Brutus sick, and is it physical
To walk unbraced and suck up the humours
Of the dank morning? What, is Brutus sick?
And will he steal out of his wholesome bed
To dare the vile contagion of the night,

omnes, tranne Bruto.] Ragazzo, ehi, Lucio?... Ti sei addormentato? Non importa: goditi pure la rugiada dolce e grave del sonno; tu non hai né le fantasie né gli spettri immaginari che le cure sollecite traggono nella mente degli uomini, ed è per questo che dormi tanto profondamente.

Entra PORTIA.

PORTIA Bruto, mio signore!

BRUTO Portia, che fai? Perché ti sei levata a quest'ora? Non giova alla salute l'affidare così le tue fragili membra alle gelide asprezze del mattino.

PORTIA Non giova nemmeno a te. Non è stato gentile, o Bruto, l'esserti così di furto allontanato dal mio letto. E ieri sera, a cena, ti sei levato improvvisamente e ti sei messo a passeggiare attorno, tutto preso dai tuoi pensieri, levando, con le braccia al sen conserte, alti sospiri. E come ti ho domandato che avessi, hai fissati gli occhi su me con uno sguardo non certo benevolo. Ti ho interrogato, allora, e ti sei grattato il capo ed hai battuto il piede con impazienza. E nonostante insistessi, non hai voluto rispondermi ma, d'un gesto della tua mano adirata, m'hai fatto cenno di lasciarti. Ed io ho obbedito, temendo di accrescere un corruccio che mi parve già troppo infiammato, e sperando, d'altra parte, che fosse soltanto uno speciale accesso di quell'umore che talvolta prevale, per la sua ora, in tutti gli uomini. E che non ti lascia né mangiare né parlare né dormire; e se potesse prevalere sui tuoi tratti quanto ha prevalso sul tuo carattere, o Bruto, non ti riconoscerei più. Signor mio caro, fa' che io sappia la causa della tua pena.

BRUTO Non mi sento bene. Ecco tutto.

PORTIA Bruto è ragionevole; e se non si sentisse bene troverebbe pur un qualche mezzo di guarire.

BRUTO È quel che faccio. O buona Portia, torna a letto.

PORTIA Ah, Bruto è dunque malato? e se così è, gli giova forse d'uscire all'aperto senza vestirsi completamente e di respirare i vapori dell'umido mattino? Bruto sarebbe dunque infermo e desideroso insieme d'allontanarsi di furto dal letto salutare per affrontare i cattivi miasmi della notte e provocare l'aria umida e

And tempt the rheumy and unpurged air
To add unto his sickness? No, my Brutus;
You have some sick offence within your mind,
Which, by the right and virtue of my place,
I ought to know of; and, upon my knees,
I charm you, by my once commended beauty,
By all your vows of love, and that great vow
Which did incorporate and make us one,
That you unfold to me, your self, your half,
Why you are heavy, and what men to-night
Have had resort to you; for here have been
Some six or seven, who did hide their faces
Even from darkness.

BRU. Kneel not, gentle Portia.

POR. I should not need, if you were gentle Brutus.
Within the bond of marriage, tell me, Brutus,
Is it excepted I should know no secrets
That appertain to you? Am I your self
But, as it were, in sort or limitation,
To keep with you at meals, comfort your bed,
And talk to you sometimes? Dwell I but in the suburbs
Of your good pleasure? If it be no more,
Portia is Brutus' harlot, not his wife.

BRU. You are my true and honourable wife,
As dear to me as are the ruddy drops
That visit my sad heart.

POR. If this were true, then should I know this secret.
I grant I am a woman; but withal
A woman that Lord Brutus took to wife;
I grant I am a woman; but withal
A woman well reputed, Cato's daughter.
Think you I am no stronger than my sex,
Being so father'd, and so husbanded?
Tell me your counsels, I will not disclose 'em.
I have made strong proof of my constancy,
Giving myself a voluntary wound
Here, in the thigh: can I bear that with patience,
And not my husband's secrets?

BRU. O ye gods,
Render me worthy of this noble wife! [*Knock.*]

impura ad aggiunger qualcosa al suo malanno? No, no! caro Bruto, è dentro al tuo spirito che sei ammalato, e per il diritto e la virtù che pertengono al mio luogo, dovrei conoscer di qual malattia s'agiti, e così, in ginocchio, per la bellezza della quale una volta m'hai fatto l'elogio, e per tutti i tuoi voti d'amore, e per quel grande voto che fece di me e di te un sol corpo, ti scongiuro di rivelarmi, a me che son te stesso, e la metà di te stesso, la ragione per la quale sei ora tanto preoccupato e quali persone si sono riunite stanotte qui con te... dal momento che ce ne sono state in numero di sei o sette, le quali nascondevano il volto pur nelle tenebre.

BRUTO Non ti inginocchiare, buona Portia.

PORTIA Non avrei bisogno di inginocchiarmi, se tu fossi il mio caro Bruto. Che forse, nel contratto del mio matrimonio, o Bruto, c'è scritto ch'io non debba sapere qualche segreto che a te solo s'appartiene? Sarei dunque io te stesso per modo di dire, e cioè solo fino a un certo punto: per tenerti compagnia durante i pasti, per rallegrarti a letto e rivolgerti la parola di tanto in tanto? Vivrei dunque io solo nei sobborghi del tuo buon piacere? Se non è per più che tanto, vuol dire allora che Portia è la prostituta di Bruto, e non sua moglie.

BRUTO Tu sei la mia verace ed onorata sposa, e sei cara a me quanto lo sono le gocce scarlatte che visitano il mio cuore attristato.

PORTIA Se tutto questo fosse vero, sarei già a parte del tuo segreto. Convengo d'essere una donna, e tuttavia una donna che il nobile Bruto ha tolto in moglie. Convengo d'essere una donna e tuttavia una donna di fama specchiata, quale s'addice alla figlia di Catone. Pensi tu forse che, avendo un tal padre e un tale sposo, io non sia più forte del sesso a cui appartengo? Mettimi a parte dei tuoi segreti, ch'io non li svelerò ad alcuno. Ho già dato una severa prova della mia fermezza dando a me stessa, di mia propria mano, una ferita qui, nella coscia. Potrei dunque sopportare la ferita con tanta pazienza e non i segreti dello sposo mio?

BRUTO O dèi, fate che sia degno di una sposa tanto nobile!

Hark, hark! one knocks. Portia, go in awhile;
And by and by thy bosom shall partake
The secrets of my heart.
All my engagements I will construe to thee,
All the charactery of my sad brows.
Leave me with haste. [*Exit Portia.*

Enter LUCIUS and [CAIUS] LIGARIUS.

Lucius, who's that knocks?
LUC. Here is a sick man that would speak with you.
BRU. Caius Ligarius, that Metellus spake of.
Boy, stand aside. Caius Ligarius, how?
CAI. Vouchsafe good morrow from a feeble tongue.
BRU. O, what a time have you chose out, brave Caius,
To wear a kerchief! Would you were not sick!
CAI. I am not sick if Brutus have in hand
Any exploit worthy the name of honour.
BRU. Such an exploit have I in hand, Ligarius,
Had you a healthful ear to hear of it.
CAI. By all the gods that Romans bow before,
I here discard my sickness. Soul of Rome!
Brave son, deriv'd from honourable loins!
Thou, like an exorcist, hast conjur'd up
My mortified spirit. Now bid me run,
And I will strive with things impossible,
Yea, get the better of them. What's to do?
BRU. A piece of work that will make sick men whole.
CAI. But are not some whole that we must make sick?
BRU. That must we also. What it is, my Caius,
I shall unfold to thee, as we are going
To whom it must be done.
CAI. Set on your foot,
And with a heart new-fir'd I follow you,
To do I know not what; but it sufficeth
That Brutus leads me on. [*Thunder.*]
BRU. Follow me then. [*Exeunt.*

[*Bussano alla porta.*] Non senti? Bussa qualcuno. Portia, rientra nelle tue stanze, e non andrà molto che il tuo petto dividerà con me tutti i segreti del mio cuore. Svelerò a te tutti gli impegni che ho preso e tutto quel che è iscritto sul mio ciglio grave. Ma ora lasciami, e in fretta. [*Exit Portia.*

Entrano LUCIO e LIGARIO.

Lucio, chi bussa?

LUCIO C'è qui un uomo infermo che vorrebbe parlarti.

BRUTO Caio Ligario, del quale m'ha detto Metello. Ritirati, ragazzo. Caio Ligario, ebbene?

LIGARIO Accetta il buongiorno da una debole lingua.

BRUTO Oh, qual momento non hai tu scelto, o valoroso Caio, per portare una benda! Quanto vorrei che tu non fossi ammalato!

LIGARIO Non sono ammalato, se Bruto abbia tra mano una qualche impresa degna d'esser dichiarata onorevole.

BRUTO Una tale impresa l'avrei pur tra mano, o Ligario, se tu potessi aver un orecchio sano a intenderla.

LIGARIO Per tutti gli dèi dinanzi ai quali si prostrano i romani, ecco che qui io discaccio la mia malattia! Anima di Roma! Figlio coraggioso, progenie di lombi onorati! Tu, come un esorcista, hai evocato il mio spirito ch'era già tramortito. Comandami ora di correre, ed io lotterò contro le cose impossibili. Ed anzi, ne avrò ragione. Che c'è da fare?

BRUTO Un lavoro che renderà sani gli ammalati.

LIGARIO Ma non sono forse anche troppo sani certuni che noi dovremmo ammalare?

BRUTO Anche a questo si dovrà pensare. Ti svelerò di che si tratta lungo il cammino alla casa di colui a cui la cosa deve esser fatta.

LIGARIO Va' pure avanti, e col cuore acceso d'un nuovo fuoco io ti seguo, per fare non so nemmeno io che cosa. È sufficiente che Bruto mi guidi. [*Tuono.*]

BRUTO Seguimi, dunque. [*Exeunt.*

SCENE II

[The Same. Cæsar's House.]

Thunder and lightning. Enter JULIUS CÆSAR in his night-gown.

CÆS. Nor heaven nor earth have been at peace to-night:
Thrice hath Calphurnia in her sleep cried out,
"Help, ho! they murther Cæsar!" Who's within?

Enter a Servant.

SERV. My lord?
CÆS. Go bid the priests do present sacrifice,
And bring me their opinions of success.
SERV. I will, my lord.

Enter CALPHURNIA.

CAL. What mean you, Cæsar? Think you to walk forth?
You shall not stir out of your house to-day.
CÆS. Cæsar shall forth. The things that threaten'd me
Ne'er look'd but on my back; when they shall see
The face of Cæsar, they are vanished.
CAL. Cæsar, I never stood on ceremonies,
Yet now they fright me. There is one within,
Besides the things that we have heard and seen,
Recounts most horrid sights seen by the watch.
A lioness hath whelped in the streets,
And graves have yawn'd and yielded up their dead;
Fierce fiery warriors fight upon the clouds
In ranks and squadrons and right form of war,
Which drizzled blood upon the Capitol;
The noise of battle hurtled in the air,
Horses did neigh, and dying men did groan,
And ghosts did shriek and squeal about the streets.
O Cæsar, these things are beyond all use,
And I do fear them.
CÆS. What can be avoided
Whose end is purpos'd by the mighty gods?

SCENA II

Roma. La casa di Cesare.

Tuoni e lampi. Entra GIULIO CESARE, in vestaglia.

CESARE Né il cielo né la terra si son dati pace, questa notte. Tre volte Calpurnia ha gridato nel sonno: «Aiuto, ehi! stanno assassinando Cesare!» Chi va là?

Entra un Servo.

SERVO Mio signore!

CESARE Va' dai sacerdoti, di' loro che offrano subito un sacrificio, e portami subito il responso dell'àugure.

SERVO Obbedisco, signore. [*Exit*.

Entra CALPURNIA.

CALPURNIA Che intendi fare, Cesare? Pensi di uscire? Oggi non dovrai uscir di casa.

CESARE Cesare uscirà di casa. I pericoli, che pure mi hanno minacciato, non si sono volti a guardare altro che le mie spalle. Basterà che vedano il volto di Cesare e subito si perderanno.

CALPURNIA Cesare, non ho mai dato tanta importanza ai presagi; eppure essi fanno ora prova di spaventarmi. C'è qualcuno, qui in casa, che, oltre a tutte l'altre cose che già abbiamo vedute e di cui abbiamo udito, narra di alcuni paurosi spettacoli che avrebbero visti le guardie. Una leonessa ha partorito in mezzo alla strada, e le tombe si sono aperte ed hanno ceduto i loro morti; dei guerrieri di fuoco, crudelissimi, hanno combattuto in file e in squadroni secondo l'ordine giusto della guerra, in mezzo alle nubi del cielo, e n'è piovuto del sangue sul Campidoglio: lo strèpito della battaglia rintronava per l'aria, nitrivano i cavalli e gemevano i moribondi, e gli spettri mettevano, per le strade, alte strida. O Cesare, tutte queste cose sono affatto inconsuete ed io ne ho una grande paura.

CESARE Che cosa si può evitare, se sia voluto dagli dèi onni-

Yet Cæsar shall go forth; for these predictions
Are to the world in general as to Cæsar.

CAL. When beggars die, there are no comets seen;
The heavens themselves blaze forth the death of princes.

CÆS. Cowards die many times before their deaths;
The valiant never taste of death but once.
Of all the wonders that I yet have heard,
It seems to me most strange that men should fear,
Seeing that death, a necessary end,
Will come when it will come.

Enter a Servant.

What say the augurers?

SERV. They would not have you to stir forth to-day.
Plucking the entrails of an offering forth,
They could not find a heart within the beast.

CÆS. The gods do this in shame of cowardice:
Cæsar should be a beast without a heart
If he should stay at home to-day for fear.
No, Cæsar shall not. Danger knows full well
That Cæsar is more dangerous than he.
We are two lions litter'd in one day,
And I the elder and more terrible,
And Cæsar shall go forth.

CAL. Alas, my lord,
Your wisdom is consum'd in confidence.
Do not go forth to-day: call it my fear
That keeps you in the house, and not your own.
We'll send Mark Antony to the Senate House,
And he shall say you are not well to-day.
Let me upon my knee prevail in this.

CÆS. Mark Antony shall say I am not well,
And for thy humour I will stay at home.

Enter DECIUS.

Here's Decius Brutus; he shall tell them so.

potenti? E tuttavia Cesare uscirà di casa, poiché tutte queste predizioni si riferiscono, in generale, al mondo intero quanto a Cesare.

CALPURNIA Quando muoiono i mendicanti non si vedono comete per il cielo! ma tutto questo proclama, bensì, col fuoco, la morte dei principi.

CESARE I vigliacchi muoiono molte volte innanzi di morire; mentre i coraggiosi provano il gusto della morte una volta sola. Di tutte le cose straordinarie delle quali ho udito finora, la più bizzarra mi sembra proprio la paura che gli uomini hanno della morte, dal momento che la morte, fine necessaria, verrà per tutti, quando verrà.

Entra il Servo.

Che dicono gli àuguri?

SERVO Vorrebbero che voi non usciste quest'oggi. Nell'estrarre le viscere alla vittima, infatti, non son riusciti a trovare il cuore dell'animale.

CESARE Gli dèi han procurato che questo avvenisse proprio per svergognare la vigliaccheria: Cesare sarebbe proprio un animale senza cuore se oggi, per la paura, se ne restasse in casa. No, Cesare non farà tanto. Il pericolo sa ben che Cesare è ancor più pericoloso di lui. Siamo due leoni partoriti nello stesso giorno, ma io sono il più vecchio e il più terribile. E così Cesare non resterà in casa.

CALPURNIA Ahimè, mio signore, la tua accortezza è sciupata dalla tua fiducia troppo cieca. Non uscire, quest'oggi: chiama pure col nome della mia paura quel che ti trattiene in casa, e non dire che si tratta della tua. Manderemo al Senato Marc'Antonio, ed egli dirà che oggi tu non stai bene. [*Cade in ginocchio.*] Fa' che, in ginocchio, io m'ottenga almeno questo.

CESARE Marc'Antonio dirà che non sto bene, e così, per il tuo capriccio, me ne resterò in casa.

Entra DECIO.

Ecco Decio Bruto. Sarà lui a portar loro questa notizia.

DEC. Cæsar, all hail! Good morrow, worthy Cæsar.
I come to fetch you to the Senate House.
CÆS. And you are come in very happy time
To bear my greeting to the senators,
And tell them that I will not come to-day:
Cannot, is false; and that I dare not, falser;
I will not come to-day. Tell them so, Decius.
CAL. Say he is sick.
CÆS. Shall Cæsar send a lie?
Have I in conquest stretch'd mine arm so far,
To be afeard to tell greybeards the truth?
Decius, go tell them Cæsar will not come.
DEC. Most mighty Cæsar, let me know some cause,
Lest I be laugh'd at when I tell them so.
CÆS. The cause is in my will: I will not come;
That is enough to satisfy the Senate.
But for your private satisfaction,
Because I love you, I will let you know:
Calphurnia here, my wife, stays me at home.
She dreamt to-night she saw my statue,
Which like a fountain with an hundred spouts
Did run pure blood; and many lusty Romans
Came smiling, and did bathe their hands in it.
And these does she apply for warnings and portents
And evils imminent; and on her knee
Hath begg'd that I will stay at home to-day.
DEC. This dream is all amiss interpreted;
It was a vision fair and fortunate:
Your statue spouting blood in many pipes,
In which so many smiling Romans bath'd,
Signifies that from you great Rome shall suck
Reviving blood, and that great men shall press
For tinctures, stains, relics, and cognizance.
This by Calphurnia's dream is signified.
CÆS. And this way have you well expounded it.
DEC. I have, when you have heard what I can say:
And know it now. The Senate have concluded
To give this day a crown to mighty Cæsar.
If you shall send them word you will not come,
Their minds may change. Besides, it were a mock

DECIO Ti saluto, o Cesare! Buongiono, nobile Cesare. Son venuto per accompagnarti al Senato.

CESARE E sei venuto, in buon punto, per portare ai Senatori il mio saluto e dir loro che oggi non voglio andare. Che io non possa andare è falso; che non osi è più falso ancora, e quindi, o Decio, dovrai dir loro semplicemente che oggi non ho alcuna voglia d'andare.

CALPURNIA Dite loro ch'è ammalato.

CESARE Dovrà forse Cesare mandare al Senato una menzogna? Avrei forse steso così lontano il mio braccio nelle battaglie soltanto per aver paura di dire la verità a dei vegliardi con la barba grigia? Decio, dovrai dir loro semplicemente che Cesare non vuole andare.

DECIO O Cesare potentissimo, lascia ch'io conosca una qualche causa per tutto questo, affinché non abbiano a deridermi quand'io riferirò loro le tue parole.

CESARE La causa è tutta nella mia volontà; io non voglio andare, e tanto dovrebb'essere sufficiente a soddisfare il Senato; ma per tua soddisfazione personale, poiché ti sono affezionato, ti dirò che Calpurnia, mia moglie, è proprio lei a trattenermi in casa: ella ha sognato stanotte di vedere che dal mio simulacro, simile a una fonte di mille getti, scorreva del sangue puro, e che molti vigorosi romani se ne venivano tutti allegri a lavarsi ivi le mani. Ciò ella interpreta come un portento e un mònito d'imminenti sciagure, ed ha supplicato, in ginocchio, che per quest'oggi me ne restassi in casa.

DECIO Questo sogno è stato interpretato in modo affatto errato; non era che una lieta visione e portava seco un buon auspicio: la tua statua, dalla quale, per molti getti, zampillava sangue, e alla quale si bagnavano tanti romani sorridenti in volto, sta a significar soltanto che la grande Roma succhierà da te il sangue che dovrà darle nuova vita e che dei grandi uomini si affolleranno per bagnare nel sangue insegne, reliquie ed emblemi. Il significato del sogno di Calpurnia può essere soltanto questo.

CESARE L'hai spiegato proprio bene.

DECIO E saprai anche meglio quanto l'abbia spiegato bene, allor che sentirai quel che ho da dirti: e così te lo dico subito. Il Senato ha dunque deciso di offrire proprio quest'oggi una corona al potente Cesare. Se manderai loro a dire che non puoi andare in Senato, potrebbero mutar consiglio. Senza contare che ad

Apt to be render'd, for some one to say,
"Break up the Senate till another time,
When Cæsar's wife shall meet with better dreams."
If Cæsar hide himself, shall they not whisper,
"Lo, Cæsar is afraid"?
Pardon me, Cæsar; for my dear dear love
To your proceeding bids me tell you this,
And reason to my love is liable.

CÆS. How foolish do your fears seem now, Calphurnia!
I am ashamed I did yield to them.
Give me my robe, for I will go.

Enter BRUTUS, [CAIUS] LIGARIUS, METELLUS, CASCA, TREBONIUS, CINNA, and PUBLIUS.

And look where Publius is come to fetch me.

PUB. Good morrow, Cæsar.

CÆS. Welcome, Publius.
What, Brutus, are you stirr'd so early too?
Good morrow, Casca. Caius Ligarius,
Cæsar was ne'er so much your enemy
As that same ague which hath made you lean.
What is't a clock?

BRU. Cæsar, 'tis strucken eight.

CÆS. I thank you for your pains and courtesy.

Enter ANTONY.

See! Antony, that revels long a-nights,
Is notwithstanding up. Good morrow, Antony.

ANT. So to most noble Cæsar.

CÆS. Bid them prepare within.
I am to blame to be thus waited for.
Now, Cinna; now, Metellus; what, Trebonius:
I have an hour's talk in store for you;
Remember that you call on me to-day:
Be near me, that I may remember you.

TREB. Cæsar, I will: [*Aside.*] and so near will I be,
That your best friends shall wish I had been further.

CÆS. Good friends, go in, and taste some wine with me;

alcuno verrebbe naturale di concludere, per ischerzo: «Sia tolta la seduta del Senato, e sia aggiornata per altra occasione, quando cioè alla moglie di Cesare càpitino dei sogni migliori!» Se Cesare si nasconde, chi potrà loro impedire di bisbigliare all'orecchio: «Guardate, Cesare ha paura!» Perdonami, Cesare, dal momento che l'affetto ch'io porto alla tua buona causa mi spinge a parlarti così; e la ragione è pur forza che ceda all'affetto.

CESARE Oh, quanto non mi sembrano vane adesso le tue paure, o Calpurnia! Mi vergogno d'aver ceduto ad esse, dianzi. Dammi il mantello, perché debbo andare.

Entrano BRUTO, CAIO LIGARIO, METELLO, CASCA, TREBONIO, CINNA e PUBLIO.

Vedi che anche Publio è venuto a prendermi!

PUBLIO Buongiorno, Cesare.

CESARE Benvenuto, Publio. E tu, Bruto, ti sei levato per tempo anche tu? Buongiorno, Casca. Caio Ligario, Cesare non ti è stato mai tanto nemico quanto quella febbre che t'ha ridotto così magro. Che ore sono?

BRUTO Son suonate le otto, Cesare.

CESARE Vi ringrazio per le pene che vi siete dati e per la vostra cortesia.

Entra ANTONIO.

Chi vedo? Antonio, che suole far baldoria alla notte e che, ciononostante, è già levato. Buongiorno, Antonio.

ANTONIO L'eguale a te, nobilissimo Cesare.

CESARE Ordina ad essi di preparare di là. Son io che debbo essere biasimato per farmi tanto attendere; ci sei anche tu, Cinna? chi vedo? Metello? che accade, Trebonio? vorrei trascorrere insieme a te circa un'oretta di conversazione; ricordati di venire da me, quest'oggi, e stammi vicino, così che possa ricordarmi di te.

TREBONIO Non dubitare, Cesare. [*A parte.*] Ti starò, anzi, così vicino che i tuoi migliori amici desidereranno che io fossi stato, invece, molto più lontano.

CESARE Buoni amici, entrate ed assaggiate con me del vi-

And we, like friends, will straightway go together.

BRU. [*Aside.*] That every like is not the same, O Cæsar!
The heart of Brutus earns to think upon. [*Exeunt.*

SCENE III

[A Street near the Capitol.]

Enter ARTEMIDORUS [reading a paper].

ART. Cæsar, beware of Brutus; take heed of Cassius; come not near Casca; have an eye to Cinna; trust not Trebonius; mark well Metellus Cimber; Decius Brutus loves thee not; thou hast wrong'd Caius Ligarius. There is but one mind in all these men, and it is bent against Cæsar. If thou beest not immortal, look about you: security gives way to conspiracy. The mighty gods defend thee! Thy lover,

Artemidorus.

Here will I stand till Cæsar pass along,
And as a suitor will I give him this.
My heart laments that virtue cannot live
Out of the teeth of emulation.
If thou read this, O Cæsar, thou may'st live;
If not, the Fates with traitors do contrive. [*Exit.*

SCENE IV

[Before the House of Brutus.]

Enter PORTIA and LUCIUS.

POR. I prithee, boy, run to the Senate House.
Stay not to answer me, but get thee gone.
Why dost thou stay?

LUC. To know my errand, madam.

POR. I would have had thee there and here again
Ere I can tell thee what thou should'st do there.
O constancy, be strong upon my side;

no, e poi, simili ad amici, ce ne andremo via tutti insieme.

BRUTO [*A parte.*] Che quel che è simile non debba per questo essere la cosa in se stessa, o Cesare, il cuore di Bruto soffre indicibilmente al pensarlo. [*Exeunt.*

SCENA III

La strada al Campidoglio.

Entra ARTEMIDORO leggendo un foglio.

ARTEMIDORO «Cesare, guardati da Bruto; fa' attenzione a Cassio; non andare troppo vicino a Casca; tieni d'occhio Cinna; non fidarti di Trebonio, non perdere di vista Metello Cimbro; Decio Bruto non t'ama; hai usato qualche torto a Caio Ligario. In tutti questi uomini alberga un solo proposito, ed è diretto contro Cesare. Se non sei immortale, guardati attorno: la confidenza che tu puoi avere in te stesso, rende più facile l'opera della congiura. Gli dèi onnipotenti ti proteggano! L'amico tuo, Artemidoro.» Me ne resterò qui, fino a quando non vedrò passare Cesare e, nella veste di supplice, gli darò questo foglio. Il mio cuore si affligge al pensiero che la virtù non possa vivere lontana dai denti dell'invidia. Se leggi queste parole, o Cesare, potresti anche continuare a vivere; altrimenti vuol dire che i fati congiurano insieme ai traditori. [*Exit.*

SCENA IV

La casa di Bruto.

Entrano PORTIA e LUCIO.

PORTIA Corri al Senato, ragazzo! te ne prego, non perder tempo a rispondermi, ma corri subito al Senato. A che tardi?

LUCIO Aspetto di conoscere qual è la mia commissione, signora.

PORTIA Avrei voluto che tu fossi già stato al Senato e già di ritorno, prima ancora che fosse passato il tempo di dirti quel che là avresti dovuto fare. O fermezza, sta' salda al mio fianco; in-

Set a huge mountain 'tween my heart and tongue!
I have a man's mind, but a woman's might.
How hard it is for women to keep counsel!
Art thou here yet?

LUC. Madam, what should I do?
Run to the Capitol, and nothing else?
And so return to you, and nothing else?

POR. Yes, bring me word, boy, if thy lord look well,
For he went sickly forth; and take good note
What Cæsar doth, what suitors press to him.
Hark, boy, what noise is that?

LUC. I hear none, madam.

POR. Prithee, listen well.
I heard a bustling rumour, like a fray,
And the wind brings it from the Capitol.

LUC. Sooth, madam, I hear nothing.

Enter the SOOTHSAYER.

POR. Come hither, fellow. Which way hast thou been?

SOOTH. At mine own house, good lady.

POR. What is 't a clock?

SOOTH. About the ninth hour, lady.

POR. Is Cæsar yet gone to the Capitol?

SOOTH. Madam, not yet. I go to take my stand,
To see him pass on to the Capitol.

POR. Thou hast some suit to Cæsar, hast thou not?

SOOTH. That I have, lady, if it will please Cæsar
To be so good to Cæsar as to hear me:
I shall beseech him to befriend himself.

POR. Why, know'st thou any harm's intended towards him?

SOOTH. None that I know will be, much that I fear may [chance.
Good morrow to you. Here the street is narrow.
The throng that follows Cæsar at the heels,
Of senators, of prætors, common suitors,
Will crowd a feeble man almost to death:
I'll get me to a place more void, and there
Speak to great Cæsar as he comes along. [*Exit.*

POR. I must go in. Ay me, how weak a thing

nalza una montagna immane tra il mio cuore e la mia lingua! Ho lo spirito di un uomo, ma le forze di una donna. Oh, quanto non è difficile alle donne il mantenere un segreto! Sei ancora qui?

LUCIO Signora, che debbo fare? debbo correre al Campidoglio e null'altro? e tornar quindi subito da voi e null'altro?

PORTIA Sì, devi portarmi notizia, ragazzo, di come stia il mio signore, perché quand'è uscito non istava bene. E prendi anche buona nota di ciò che fa Cesare e di quali supplici gli si fanno intorno. Non senti, ragazzo? che rumore è cotesto?

LUCIO Non sento alcun rumore, signora.

PORTIA Ascolta bene, te ne prego; ho udito un rumore confuso, come quello d'una rissa, e il vento lo porta fin qui dal Campidoglio.

LUCIO In verità, signora, non odo nulla.

Entra l'INDOVINO.

PORTIA Vieni qui. Da che parte sei stato?

INDOVINO Sono stato a casa mia, buona signora.

PORTIA Che ore sono?

INDOVINO Son quasi le nove, signora.

PORTIA Cesare è già andato in Campidoglio?

INDOVINO Non ancora, signora. Vado a prender posto per poterne vedere il passaggio lungo la strada al Campidoglio.

PORTIA Hai qualche supplica da mostrare a Cesare?

INDOVINO Ne ho una, signora, se a Cesare piaccia di essere così buono verso Cesare da darmi ascolto; io lo supplico, infatti, di voler essere amico a se stesso.

PORTIA Come? sai tu forse d'un qualche pericolo dal quale egli sia minacciato?

INDOVINO Non ce n'è alcuno di cui io sappia con certezza, eppure so di molti che gli possono incombere. Buongiorno a voi. Qui la via è stretta e la folla che segue Cesare alle calcagna, di Senatori, pretori e comuni supplicanti potrebbe schiacciare un uomo debole fino ad ucciderlo. Me ne andrò in cerca d'un luogo più sgombro di questo, e là vedrò di parlare a Cèsare quando mi passerà dinanzi. [*Exit.*

PORTIA Debbo rientrare. Ahimè qual debole cosa non è il

The heart of woman is! O Brutus,
The heavens speed thee in thine enterprise!
[*Aside.*] Sure, the boy heard me. Brutus hath a suit
That Cæsar will not grant. [*Aside.*] O, I grow faint.
Run, Lucius, and commend me to my lord;
Say I am merry; come to me again,
And bring me word what he doth say to thee.

[*Exeunt* [*severally*].

cuore di una donna! O Bruto, i cieli ti assistano nella tua intrapresa! [*A parte.*] Certo che il ragazzo mi avrà udito. Bruto ha una supplica cui Cesare non vorrà dare ascolto. [*A parte.*] Oh, mi sento venir meno. Corri, Lucio, e porta il mio saluto al mio signore; digli che sono di buon umore e portami subito notizia di ciò che egli vorrà dirti. [*Exeunt da parti opposte.*

ACT III

SCENE I

[Rome. Before the Capitol.]

Flourish. Enter CÆSAR, BRUTUS, CASSIUS, CASCA, DECIUS, METELLUS [CIMBER], TREBONIUS, CINNA, ANTONY, LEPIDUS, ARTEMIDORUS, PUBLIUS, [POPILIUS,] and the SOOTHSAYER.

CÆS. The ides of March are come.
SOOTH. Ay, Cæsar, but not gone.
ART. Hail, Cæsar! Read this schedule.
DEC. Trebonius doth desire you to o'er-read,
At your best leisure, this his humble suit.
ART. O Cæsar, read mine first; for mine's a suit
That touches Cæsar nearer. Read it, great Cæsar.
CÆS. What touches us ourself shall be last serv'd.
ART. Delay not, Cæsar. Read it instantly.
CÆS. What, is the fellow mad?
PUB. Sirrah, give place.
CAS. What, urge you your petitions in the street?
Come to the Capitol.

[CÆSAR, and the rest, enter the Senate.]

POP. I wish your enterprise to-day may thrive.
CAS. What enterprise, Popilius?
POP. Fare you well.
[*Leaves him and joins Cæsar.*]

ATTO TERZO

SCENA PRIMA

Roma. Il Campidoglio.

Squillo di trombe. Entrano CESARE, BRUTO, CASSIO, CASCA, DECIO, METELLO CIMBRO, TREBONIO, CINNA, ANTONIO, LEPIDO, ARTEMIDORO, PUBLIO, POPILIO e l'INDOVINO.

CESARE Le idi di marzo sono arrivate.

INDOVINO Sì, Cesare, ma non sono ancora trascorse.

ARTEMIDORO Salute a te, Cesare, leggi questa carta.

DECIO Trebonio desidera che tu legga a tuo bell'agio questa sua umile supplica.

ARTEMIDORO Cesare, leggi prima la mia, da che la mia tocca Cesare più da vicino. Lèggila, grande Cesare.

CESARE Quel che tocca noi stessi si avrà la nostra considerazione per ultimo.

ARTEMIDORO Non rimandare, Cesare. Lèggila subito.

CESARE E che? È impazzito forse, costui?

PUBLIO Fatti da parte, quell'uomo.

CASSIO Che accade? Patrocini forse le tue suppliche in mezzo alla strada? Vieni al Campidoglio.

CESARE e il suo seguito entrano nel Senato.

POPILIO Mi auguro che la tua impresa di quest'oggi giunga a effetto.

CASSIO Quale impresa, Popilio?

POPILIO Addio. [*Si distacca da Cassio e si unisce al seguito di Cesare.*]

BRU. What said Popilius Lena?

CAS. He wish'd to-day our enterprise might thrive.
I fear our purpose is discovered.

BRU. Look how he makes to Cæsar: mark him.

CAS. Casca, be sudden, for we fear prevention.
Brutus, what shall be done? If this be known,
Cassius or Cæsar never shall turn back,
For I will slay myself.

BRU. Cassius, be constant:
Popilius Lena speaks not of our purposes;
For look, he smiles, and Cæsar doth not change.

CAS. Trebonius knows his time; for look you, Brutus,
He draws Mark Antony out of the way.

[*Exeunt Antony and Trebonius.*

DEC. Where is Metellus Cimber? Let him go,
And presently prefer his suit to Cæsar.

BRU. He is address'd. Press near and second him.

CIN. Casca, you are the first that rears your hand.

CÆS. Are we all ready? What is now amiss
That Cæsar and his senate must redress?

MET. Most high, most mighty, and most puissant Cæsar,
Metellus Cimber throws before thy seat
An humble heart,— [*Kneeling.*]

CÆS. I must prevent thee, Cimber.
These couchings and these lowly courtesies
Might fire the blood of ordinary men,
And turn pre-ordinance and first decree
Into the law of children. Be not fond,
To think that Cæsar bears such rebel blood
That will be thaw'd from the true quality
With that which melteth fools—I mean sweet words,
Low-crooked curtsies, and base spaniel fawning.
Thy brother by decree is banished:
If thou dost bend and pray and fawn for him,
I spurn thee like a cur out of my way.
Know, Cæsar doth not wrong, nor without cause
Will he be satisfied.

MET. Is there no voice more worthy than my own,

BRUTO Che ha detto Popilio Lena?

CASSIO Ha detto che augura alla nostra impresa di riuscire. Ho paura che le nostre intenzioni siano scoperte.

BRUTO Guarda come si fa vicino a Cesare; sta' attento a quel che fa!

CASSIO Casca, fa' presto, perché ho una gran paura che qualcuno ci prevenga. Bruto, che cosa dovremo fare? Se la notizia si è diffusa, l'un de' due, o Cassio o Cesare non tornerà indietro, perché io darò mano da me stesso a uccidermi.

BRUTO Cassio, riprendi la tua calma: Popilio Lena non parla affatto dei nostri propositi, poiché, come vedi, egli sorride e Cesare non muta affatto l'espressione del suo volto.

CASSIO Trebonio ha colto il momento opportuno, perché, come vedi, Bruto, ha attirato Marc'Antonio in disparte.

[*Exeunt Antonio e Trebonio.*

DECIO Dov'è Metello Cimbro? Fate che vada subito a presentare la sua supplica a Cesare.

BRUTO Egli avanza; stringiamoci da presso a lui, per aiutarlo.

CINNA Casca, tu sei il primo che dovrai levare la mano.

CESARE Siamo tutti pronti? C'è qualcosa che non va, cui Cesare e il Senato debbano porre riparo?

METELLO Altissimo, potentissimo e fortissimo Cesare, Metello Cimbro getta dinanzi al tuo tribunale un umile cuore... [*Si inginocchia.*]

CESARE Debbo prevenirti, o Cimbro. Queste genuflessioni e queste basse reverenze possono forse accendere il sangue degli uomini volgari e far mutare le loro decisioni e fin le loro risoluzioni già prese in capricci di bimbi. Non essere sciocco al punto di pensare che Cesare abbia una tempra così malleabile che gli si possa far perdere la sua miglior qualità usando di quel che blandisce gli stolti, vale a dire parolette gentili, inchini profondi e contorti e insomma basse piaggerie, scodinzolamenti da cagnetto di razza spagnola. Tuo fratello è bandito secondo la legge. Se ti abbassi a pregare e a lusingare in favor suo, ti scaccerò a pedate dalla mia strada come un cane. Devi sapere che Cesare non può commettere ingiustizia né ha mai preteso d'aver soddisfazione, se non fosse per una buona ragione.

METELLO C'è forse alcuna voce più degna della mia che pos-

To sound more sweetly in great Cæsar's ear
For the repealing of my banish'd brother?

BRU. I kiss thy hand, but not in flattery, Cæsar,
Desiring thee that Publius Cimber may
Have an immediate freedom of repeal.

CÆS. What, Brutus?

CAS. Pardon, Cæsar; Cæsar, pardon:
As low as to thy foot doth Cassius fall,
To beg enfranchisement for Publius Cimber.

CÆS. I could be well mov'd, if I were as you;
If I could pray to move, prayers would move me;
But I am constant as the northern star,
Of whose true-fix'd and resting quality
There is no fellow in the firmament.
The skies are painted with unnumber'd sparks,
They are all fire, and every one doth shine;
But there's but one in all doth hold his place.
So in the world: 'tis furnish'd well with men,
And men are flesh and blood, and apprehensive;
Yet in the number I do know but one
That unassailable holds on his rank,
Unshak'd of motion; and that I am he,
Let me a little show it, even in this,
That I was constant Cimber should be banish'd,
And constant do remain to keep him so.

CIN. O Cæsar–

CÆS. Hence! Wilt thou lift up Olympus?

DEC. Great Cæsar–

CÆS. Doth not Brutus bootless kneel?

CASCA. Speak hands for me! [*They stab Cæsar.*]

CÆS. *Et tu, Brute?*–Then fall Cæsar! [*Dies.*]

CIN. Liberty! Freedom! Tyranny is dead!
Run hence, proclaim, cry it about the streets.

CAS. Some to the common pulpits, and cry out,
"Liberty, freedom, and enfranchisement!"

BRU. People and senators, be not affrighted.
Fly not; stand still; ambition's debt is paid.

CASCA. Go to the pulpit, Brutus.

DEC. And Cassius too.

BRU. Where's Publius?

sa suonare con maggior dolcezza all'orecchio di Cesare, ed ottenermi il richiamo del fratello esiliato?

BRUTO Bacio la tua mano, o Cesare, ma non per adularti; per chiederti, bensì, che Publio Cimbro sia richiamato subito dall'esilio.

CESARE Come sarebbe a dire, Bruto?

CASSIO Cesare, perdonami. Cassio si abbassa ai tuoi piedi a implorare la grazia per Publio Cimbro.

CESARE Potrei ben lasciarmi commuovere, se fossi uno come voi. Se fossi buono, come voi, a pregare al fin di commuovere, le preghiere potrebbero commuovere anche me. Ma io son fermo e immutabile, invece, come la stella del Nord, che per la sua fissità e immobilità non ha la compagna in tutto il firmamento. I cieli son dipinti d'innumerevoli scintille; e tutte sono fuoco, e ognuna splende; ma ce n'è una sola che serba in perpetuo il suo luogo. E così accade nel mondo, che è ben popolato d'uomini, e gli uomini son di carne, di sangue e d'intelletto. Eppure, di tutto il loro numero, ne conosco uno soltanto che se ne sta saldo, inespugnabile, al suo posto, né moto alcuno può servire a scuoterlo. E quegli son io. E lasciate che ve lo dimostri anche in questa occasione, da che fui fermo nel mio proposito di condannare Cimbro all'esilio e fermo rimango nel mantenere la condanna.

CINNA O Cesare...

CESARE Via di qua! Vuoi tu forse sradicare l'Olimpo?

DECIO Grande Cesare...

CESARE Non s'è forse inginocchiato invano anche Bruto?

CASCA Parlate, o mie mani, per me! [*Pugnalano Cesare.*]

CESARE *Et tu, Brute!*...E allora, cadi, o Cesare! [*Muore.*]

CINNA Libertà! Libertà! La tirannide è morta! Correte a proclamarlo per le strade.

CASSIO Correte alle pubbliche tribune e gridate alto: «Libertà, indipendenza, e franchigia!».

BRUTO Popolo e Senatori, non abbiate alcun timore. Non fuggite, restate dove siete. L'ambizione ha pagato il suo debito.

CASCA Vai al rostro, Bruto!

DECIO E anche Cassio!

BRUTO Dov'è Publio?

CIN. Here, quite confounded with this mutiny.

MET. Stand fast together, lest some friend of Cæsar's
Should chance—

BRU. Talk not of standing. Publius, good cheer;
There is no harm intended to your person,
Nor to no Roman else. So tell them, Publius.

CAS. And leave us, Publius, lest that the people,
Rushing on us, should do your age some mischief.

BRU. Do so; and let no man abide this deed
But we the doers.

Enter TREBONIUS.

CAS. Where is Antony?

TRE. Fled to his house amaz'd.
Men, wives, and children stare, cry out, and run,
As it were doomsday.

BRU. Fates, we will know your pleasures.
That we shall die, we know; 'tis but the time
And drawing days out, that men stand upon.

CASCA. Why, he that cuts off twenty years of life
Cuts off so many years of fearing death.

BRU. Grant that, and then is death a benefit:
So are we Cæsar's friends, that have abridg'd
His time of fearing death. Stoop, Romans, stoop,
And let us bathe our hands in Cæsar's blood
Up to the elbows, and besmear our swords:
Then walk we forth, even to the market-place,
And waving our red weapons o'er our heads,
Let's all cry, "Peace, freedom, and liberty!"

CAS. Stoop then, and wash. How many ages hence
Shall this our lofty scene be acted over,
In states unborn, and accents yet unknown!

BRU. How many times shall Cæsar bleed in sport,
That now on Pompey's basis lies along,
No worthier than the dust!

CINNA È qui, tutto spaventato per la rivolta.

METELLO Serriamo le nostre file, per tema che qualche amico di Cesare non debba, per caso...

BRUTO Nessuno parli di serrar le file. Publio, fa' buona cera. Nessuno intende nuocere alla tua persona né alla persona di qualsiasi altro romano. Annunzia loro questo, Publio.

CASSIO E quindi lasciaci soli, Publio, per tema che il popolo, rovesciandosi su noi, non rechi danno, in qualche modo, alla tua vecchiaia.

BRUTO Fa' così, e che nessun altro risponda di questa azione oltre a noi che ne siamo gli autori.

Entra TREBONIO.

CASSIO Dov'è Antonio?

TREBONIO È fuggito a chiudersi in casa tutto smarrito. Uomini, donne e bimbi, con gli occhi sbarrati, corrono per ogni dove, gridando come se fosse arrivato il dì del giudizio.

BRUTO O destini, ci siano date a conoscere le vostre volontà. Che dobbiamo morire, lo sappiamo. Ma è il numero dei giorni, e l'ora e il momento, che soprattutto preoccupano gli uomini.

CASCA Tutt'il contrario! Colui che toglie vent'anni alla vita dell'uomo, toglie un egual numero di anni alla paura della morte.

BRUTO Basta credere a questo e la morte sarà accolta come un beneficio. E così noi siamo piuttosto gli amici di Cesare poiché abbiamo abbreviato il tempo in cui egli avrebbe dovuto attendere paventando la morte. Inchinatevi, o romani, inchinatevi e bagniamo tutti, nel sangue di Cesare, le nostre mani fino ai gomiti e macchiamo le nostre spade del suo sangue: e poi mettiamoci in cammino, per raggiungere il foro e, nel mentre brandiamo le rosse armi sopra le nostre teste, tutti gridiamo come un sol uomo: «Pace, libertà e indipendenza!».

CASSIO Inchiniamoci dunque, e bagniamoci. Per quanti mai secoli a partir da oggi questa nostra scena solenne sarà nuovamente recitata da popoli ancora non nati e con accenti ancora sconosciuti!

BRUTO Quante mai volte Cesare non sanguinerà per finta, quello stesso che ora si giace ai piedi della statua di Pompeo, e che non vale più d'un granello di polvere!

CAS. So oft as that shall be,
So often shall the knot of us be call'd
The men that gave their country liberty.
DEC. What, shall we forth?
CAS. Ay, every man away.
Brutus shall lead, and we will grace his heels
With the most boldest and best hearts of Rome.

Enter a Servant.

BRU. Soft, who comes here? A friend of Antony's.
SERV. Thus, Brutus, did my master bid me kneel;
Thus did Mark Antony bid me fall down;
And, being prostrate, thus he bade me say:
Brutus is noble, wise, valiant, and honest;
Cæsar was mighty, bold, royal, and loving:
Say I love Brutus, and I honour him;
Say I fear'd Cæsar, honour'd him, and lov'd him.
If Brutus will vouchsafe that Antony
May safely come to him, and be resolv'd
How Cæsar hath deserv'd to lie in death,
Mark Antony shall not love Cæsar dead
So well as Brutus living; but will follow
The fortunes and affairs of noble Brutus
Thorough the hazards of this untrod state,
With all true faith. So says my master Antony.
BRU. Thy master is a wise and valiant Roman;
I never thought him worse.
Tell him, so please him come unto this place,
He shall be satisfied; and, by my honour,
Depart untouch'd.
SERV. I'll fetch him presently. [*Exit Servant.*
BRU. I know that we shall have him well to friend.
CAS. I wish we may: but yet have I a mind
That fears him much; and my misgiving still
Falls shrewdly to the purpose.

Enter ANTONY.

BRU. But here comes Antony. Welcome, Mark Antony.

CASSIO E tutte le volte che questo avverrà, il nostro gruppo s'avrà il nome di coloro che diedero la libertà al proprio paese!

DECIO Ebbene, vogliamo uscire?

CASSIO Sì, tutti usciremo. Bruto aprirà la nostra marcia. Andrà in testa a tutti, e noi saremo graziosa scorta ai suoi calcagni, con i cuori più valorosi e magnanimi che vi siano in Roma.

Entra un Servo.

BRUTO Fermatevi, chi viene là? è un amico di Antonio.

SERVO Così, o Bruto, il mio padrone mi ha ordinato di piegare il ginocchio; così Marc'Antonio mi ha ordinato di cadere ai tuoi piedi, e, prostrato, così mi ha ordinato di dire: «Bruto è nobile, accorto, coraggioso e onesto; Cesare era potente, magnanimo, regale e amorevole». Aggiungi inoltre, mi ha detto, che io amo Bruto e che lo onoro; che io temevo Cesare, che lo onoravo e lo amavo. Se Bruto vorrà degnarsi di permettere ad Antonio di venire sano e salvo fino a lui e d'apprender come Cesare abbia meritato di giacersi nella morte, Marc'Antonio non amerà Cesare morto tanto quanto Bruto vivo, ma seguirà le fortune e gli interessi del nobile Bruto attraverso tutti i rischi del nuovo regime con fede verace. Così ha detto il mio padrone Antonio.

BRUTO Il tuo padrone è un romano accorto e coraggioso. Né mai ebbi a pensar di lui qualcosa di meno che tanto. Digli che, se è il suo piacere venire a questo luogo, sarà ragguagliato come desidera e, per il mio onore, potrà partirsene incolume.

SERVO Lo vado subito a prendere. [*Exit il Servo.*

BRUTO So ch'egli sarà tra i nostri buoni amici.

CASSIO Così spero. Qualcosa mi dice tuttavia che dovremmo temerlo. E purtroppo i miei cattivi presentimenti colgono spesso nel segno.

Entra ANTONIO.

BRUTO Ma ecco che viene lo stesso Antonio. Benvenuto, Marc'Antonio.

ANT. O mighty Cæsar! dost thou lie so low?
Are all thy conquests, glories, triumphs, spoils,
Shrunk to this little measure? Fare thee well.
I know not, gentlemen, what you intend,
Who else must be let blood, who else is rank:
If I myself, there is no hour so fit
As Cæsar's death's hour; nor no instrument
Of half that worth as those your swords, made rich
With the most noble blood of all this world.
I do beseech ye, if you bear me hard,
Now, whilst your purpled hands do reek and smoke,
Fulfil your pleasure. Live a thousand years,
I shall not find myself so apt to die;
No place will please me so, no mean of death,
As here by Cæsar and by you cut off,
The choice and master spirits of this age.

BRU. O Antony, beg not your death of us.
Though now we must appear bloody and cruel,
As by our hands and this our present act
You see we do, yet see you but our hands
And this the bleeding business they have done.
Our hearts you see not; they are pitiful;
And pity to the general wrong of Rome—
As fire drives out fire, so pity pity—
Hath done this deed on Cæsar. For your part,
To you our swords have leaden points, Mark Antony:
Our arms in strength of malice, and our hearts
Of brothers' temper, do receive you in
With all kind love, good thoughts, and reverence.

CAS. Your voice shall be as strong as any man's
In the disposing of new dignities.

BRU. Only be patient till we have appeas'd
The multitude, beside themselves with fear,
And then we will deliver you the cause
Why I, that did love Cæsar when I struck him,
Have thus proceeded.

ANT. I doubt not of your wisdom.
Let each man render me his bloody hand.
First, Marcus Brutus, will I shake with you;
Next, Caius Cassius, do I take your hand;

ANTONIO O Cesare possente, giaci tu dunque così in basso! Le tue conquiste, le tue glorie, i trionfi, le ricche spoglie del nemico, ogni cosa s'è ridotta a questo piccolo spazio? Addio! Non so, signori, quel che intendiate fare e a chi altro debba esser cavato sangue, e chi altro debba esser curato perché troppo gliene scorre nelle vene. Se debbo essere io, non c'è per me alcuna ora che sia adatta quanto quella della morte di Cesare, né v'è altro strumento che a metà ne sia degno quanto quelle vostre spade rese preziose dal più nobile sangue che al mondo vi fosse. E dunque io vi supplico, se me ne volete, ora, mentre le vostre mani imporporate sono ancora fumanti, di compiere il vostro piacere. Anche se vivessi mill'anni, non troverei mai un momento in cui fossi più pronto a morire di adesso. Né alcun luogo tanto mi piacerebbe, né alcuno strumento di morte, quanto qui presso a Cesare, e ucciso da voi, che siete gli spiriti più nobili ed eletti di questa nostra età.

BRUTO O Antonio, non chiedere la morte alle nostre mani; pur se dobbiamo apparire sanguinari e crudeli, come, per le nostre mani e per questa nostra presente azione si dimostrerebbe, nondimeno tu non vedi nient'altro che le nostre mani e la cruenta impresa che hanno condotto a termine. Non vedi i nostri cuori, che sono colmi di pietà. Pietà del pubblico torto sofferto da Roma – così come il fuoco scaccia il fuoco, così la pietà discaccia la pietà – ha compiuto questa azione sul corpo di Cesare. Ma per te, Marc'Antonio, le nostre spade hanno in serbo punte di piombo, e così le nostre braccia, che furono finora armate di collera, e i nostri cuori di tempra fraterna, ti accolgono con l'amore più affettuoso, con pensieri benevoli e ogni rispetto.

CASSIO La tua voce avrà la stessa autorità che quella di qualsiasi altro uomo, nella distribuzione dei nuovi onori.

BRUTO Dovrai soltanto pazientare fino a quando sia placata la moltitudine, che ora è fuori di sé per la paura. Ti esporremo, allora, tutte le ragioni per le quali io, che pure tanto amavo Cesare al momento di colpirlo, ho fatto quel che ho fatto.

ANTONIO Non ho mai messo in dubbio la tua saggezza. Che ognuno mi offra la sua mano, pure insanguinata. Per prima, Marco Bruto, io stringerò la tua; e quindi, Caio Cassio, prende-

Now, Decius Brutus, yours; now yours, Metellus;
Yours, Cinna; and, my valiant Casca, yours;
Thought last, not least in love, yours, good Trebonius.
Gentlemen all—alas, what shall I say?
My credit now stands on such slippery ground,
That one of two bad ways you must conceit me,
Either a coward, or a flatterer.
That I did love thee, Cæsar, O, 'tis true!
If then thy spirit look upon us now,
Shall it not grieve thee dearer than thy death,
To see thy Antony making his peace,
Shaking the bloody fingers of thy foes,
Most noble, in the presence of thy corse?
Had I as many eyes as thou hast wounds,
Weeping as fast as they stream forth thy blood,
It would become me better than to close
In terms of friendship with thine enemies.
Pardon me, Julius! Here wast thou bay'd, brave hart;
Here didst thou fall; and here thy hunters stand,
Sign'd in thy spoil, and crimson'd in thy lethe.
O world, thou wast the forest to this hart;
And this indeed, O world, the heart of thee.
How like a deer, strucken by many princes,
Dost thou here lie!

CAS. Mark Antony—

ANT. Pardon me, Caius Cassius:
The enemies of Cæsar shall say this;
Then, in a friend, it is cold modesty.

CAS. I blame you not for praising Cæsar so;
But what compact mean you to have with us?
Will you be prick'd in number of our friends,
Or shall we on, and not depend on you?

ANT. Therefore I took your hands, but was indeed
Sway'd from the point by looking down on Cæsar.
Friends am I with you all, and love you all,
Upon this hope, that you shall give me reasons
Why, and wherein, Cæsar was dangerous.

BRU. Or else were this a savage spectacle.
Our reasons are so full of good regard,
That were you, Antony, the son of Cæsar,

rò la tua mano. E la tua, Decio Bruto; e la tua, Metello; e la tua, Cinna e, valoroso Casca, la tua. E ultima, nell'ordine ma non nell'affetto, la tua, o buon Trebonio. Signori, ahimè, che potrò mai dire? Il mio credito ora poggia su un terreno così sdrucciolevole che voi dovrete considerarmi a forza in una delle due possibili cattive luci, e cioè: o un vigliacco o un adulatore. Che io t'amassi, o Cesare, era pur vero! E quindi, se il tuo spirito ora riguarda a noi, non dovrà forse dolerti in modo anche più aspro della stessa morte, vedere il tuo Antonio mentre stipula una pace stringendo le dita insanguinate dei tuoi nemici, proprio in presenza del tuo cadavere, di te, ch'eri il più nobile fra tutti? Se avessi tanti occhi quante hai ferite e versassi il mio pianto nella stessa copia con cui esse versano il tuo sangue, anche questo mi si converrebbe di più che non stringere un patto d'amicizia con i tuoi nemici; perdonami, Giulio! È proprio qui, o coraggioso cervo, che tu fosti tenuto a bada. È qui che sei caduto; e qui, attorno a te, macchiati delle tue spoglie, imporporati del tuo sangue se ne stanno i tuoi cacciatori. O mondo, che già fosti la selva di questo cervo, questo, invero, o mondo, è stato il tuo cuore! e tu giaci qui, colpito da molti principi, proprio come un cervo!

CASSIO Marc'Antonio...

ANTONIO Perdonami, Caio Cassio: ripeter tutto questo si potrebbe convenire persino ai nemici di Cesare, e quindi, in bocca a un amico, potrà apparire soltanto come fredda moderazione.

CASSIO Io non ti biasimo per aver lodato Cesare a questo modo. Vorrei soltanto sapere per quale patto pensi di stringerti a noi. Vuoi essere dunque segnato nel numero dei nostri amici, ovvero dobbiamo proseguire lungo il nostro cammino senza poter contare su te?

ANTONIO È per questo che vi ho stretto le mani ma, a dir la verità, fui anche indotto a distrarmi e ad abbassare lo sguardo su Cesare. Sono amico di voi tutti, e tutti vi amo, e spero di udire da voi le ragioni per le quali avete ritenuto che Cesare fosse pericoloso.

BRUTO Se queste ragioni non ci fossero, tale spettacolo sarebbe invero barbaro. Ma le nostre ragioni sono così degne di essere considerate che se tu, Antonio, fossi addirittura il figlio di

You should be satisfied.

ANT. That's all I seek;
And am moreover suitor that I may
Produce his body to the market-place,
And in the pulpit, as becomes a friend,
Speak in the order of his funeral.

BRU. You shall, Mark Antony.

CAS. Brutus, a word with you.
[*Aside.*] You know not what you do. Do not consent
That Antony speak in his funeral.
Know you how much the people may be mov'd
By that which he will utter?

BRU. By your pardon:
I will myself into the pulpit first,
And show the reason of our Cæsar's death.
What Antony shall speak, I will protest
He speaks by leave and by permission:
And that we are contented Cæsar shall
Have all true rites and lawful ceremonies,
It shall advantage more than do us wrong.

CAS. I know not what may fall; I like it not.

BRU. Mark Antony, here, take you Cæsar's body.
You shall not in your funeral speech blame us,
But speak all good you can devise of Cæsar,
And say you do 't by our permission;
Else shall you not have any hand at all
About his funeral. And you shall speak
In the same pulpit whereto I am going,
After my speech is ended.

ANT. Be it so;
I do desire no more.

BRU. Prepare the body, then, and follow us.

[*Exeunt. Manet Antony.*

ANT. O, pardon me, thou bleeding piece of earth,
That I am meek and gentle with these butchers.
Thou art the ruins of the noblest man
That ever lived in the tide of times.
Woe to the hand that shed this costly blood!
Over thy wounds now do I prophesy
(Which like dumb mouths do ope their ruby lips,

Cesare, non potresti farne a meno di andarne soddisfatto.

ANTONIO Non chiedo altro. E vi supplico di concedermi di portare il cadavere di Cesare sulla piazza del foro, e, come si conviene a un amico, di parlare dai rostri durante il suo funerale.

BRUTO Farai tutto quel che vorrai, Marc'Antonio.

CASSIO Bruto, vorrei dirti una parola. [*A parte.*] Non sai quel che fai. Non dovresti permettere ad Antonio di parlare ai funerali di Cesare. Non puoi immaginare quanto il popolo possa essere influenzato da quel che egli sarà capace di dire.

BRUTO Perdonami; salirò sui rostri per primo io stesso e farò capire le ragioni per le quali il nostro Cesare ha incontrato la morte. E quanto a quel che Antonio vorrà dire, dichiarerò loro che egli parla per nostro consenso e col nostro permesso, e che a noi piace che Cesare abbia tutti i riti e le cerimonie che la legge gli concede. Io credo che tutto questo sortirà più a nostro favore che a nostro svantaggio.

CASSIO Non so davvero quel che potrà seguirne. Ma non m'aggrada per nulla.

BRUTO Marc'Antonio, vieni qui, prendi il cadavere di Cesare. Nella tua orazione funebre dovrai por mente a non biasimarci; per il resto, potrai dire tutto il bene che vuoi di Cesare, e dovrai anche aggiungere che lo fai col nostro permesso. Ma se non accetti tutto questo, non avrai alcuna parte nel suo funerale. Parlerai dallo stesso rostro al quale io mi dirigo e soltanto quando il mio discorso sarà finito.

ANTONIO Sia fatto come tu dici. Non desidero altro.

BRUTO Preparate il cadavere, e seguiteci.

[*Exeunt omnes, tranne Antonio.*

ANTONIO O tu, zolla insanguinata di terra, concedimi il tuo perdono, se accade che io mi dimostri umile e gentile con questi beccai. Tu sei la rovina del più nobile fra gli uomini che mai vivesse nella marea dei tempi. Sventura alle mani che versarono cotesto tuo prezioso sangue! Ecco, io profetizzo sopra le tue ferite – le quali, simili a mute bocche, aprono le loro labbra purpu-

To beg the voice and utterance of my tongue),
A curse shall light upon the limbs of men;
Domestic fury and fierce civil strife
Shall cumber all the parts of Italy;
Blood and destruction shall be so in use,
And dreadful objects so familiar,
That mothers shall but smile when they behold
Their infants quartered with the hands of war,
All pity chok'd with custom of fell deeds;
And Cæsar's spirit, ranging for revenge,
With Ate by his side come hot from hell,
Shall in these confines with a monarch's voice
Cry havoc and let slip the dogs of war,
That this foul deed shall smell above the earth
With carrion men, groaning for burial.

Enter Octavius' Servant.

You serve Octavius Cæsar, do you not?
SERV. I do, Mark Antony.
ANT. Cæsar did write for him to come to Rome.
SERV. He did receive his letters, and is coming,
And bid me say to you by word of mouth—
O Cæsar!
ANT. Thy heart is big; get thee apart and weep.
Passion, I see, is catching, for mine eyes,
Seeing those beads of sorrow stand in thine,
Began to water. Is thy master coming?
SERV. He lies to-night within seven leagues of Rome.
ANT. Post back with speed, and tell him what hath chanc'd.
Here is a mourning Rome, a dangerous Rome,
No Rome of safety for Octavius yet.
Hie hence and tell him so. Yet stay awhile;
Thou shalt not back till I have borne this corse
Into the market-place; there shall I try,
In my oration, how the people take
The cruel issue of these bloody men;
According to the which thou shalt discourse
To young Octavius of the state of things.
Lend me your hand. [*Exeunt.*

ree per chiedere insieme la voce e l'accento della mia lingua —, io predico che una maledizione ricadrà sulle membra degli uomini; e la furia domestica e la feroce lotta intestina saranno strazio ad ogni regione d'Italia. Il sangue e la distruzione diventeranno così comuni e i più paurosi spettacoli si faranno così familiari che le madri, al mirare i loro infanti squartati dalle mani della guerra, non saranno buone a far altro che sorridere, dal momento che ogni pietà sarà soffocata per l'abitudine adusata a tanto barbare azioni. E lo spirito di Cesare, in cerca di vendetta, mentre al suo fianco si agiterà Ate pur ora uscita ardente dall'inferno, griderà a gran voce entro questi confini, e con la sua voce regale invocherà la distruzione e scioglierà il guinzaglio ai mastini della guerra così che questa impresa infame appesterà la terra col puzzo delle umane carogne che invocheranno, gemendo, d'essere sepolte.

Entra il Servo di Ottaviano.

Tu servi Cesare Ottaviano, non è vero?

SERVO Lo servo, infatti, Marc'Antonio.

ANTONIO Cesare gli ha scritto di venire a Roma.

SERVO Egli ha ricevuto, infatti, le sue lettere ed è per giungere. E m'ha anche ordinato di dirvi a voce... [*Scorge il cadavere di Cesare.*] O Cesare!

ANTONIO Ho il cuore gonfio. Mettiti in disparte, e piangi. Come m'accorgo, la commozione è contagiosa, poiché i miei occhi, al vedere le perle di dolore che brillano nei tuoi, prendono a inumidirsi. Dicevi che il tuo padrone è per giungere?

SERVO Stanotte pernotterà a sette leghe da Roma.

ANTONIO Ritorna allora in tutta fretta per le poste e informalo di quanto è accaduto. Roma è in lutto. Roma è pericolosa. Non c'è ancora sicurezza in Roma, per Ottaviano. Affrettati a lui e digli tutto questo. Eppure, aspetta un istante. Non tornerai dal tuo padrone prima che io abbia portato questo cadavere nel foro, poiché ivi potrò vedere, dopo la mia orazione, come saprà reagire il popolo all'azione crudele di questi uomini di sangue. E a seconda di quel che sarà per accadere, potrai significare al giovane Ottaviano il veritiero stato delle cose. Prestami una mano.

[*Exeunt, trasportando il cadavere di Cesare.*

SCENE II

[The Forum.]

Enter BRUTUS and goes into the pulpit, and CASSIUS, with the Plebeians.

PLEBEIANS. We will be satisfied: let us be satisfied.

BRU. Then follow me, and give me audience, friends.
Cassius, go you into the other street,
And part the numbers.
Those that will hear me speak, let 'em stay here;
Those that will follow Cassius, go with him;
And public reasons shall be rendered
Of Cæsar's death.

1. PLEB. I will hear Brutus speak.

2. PLEB. I will hear Cassius, and compare their reasons,
When severally we hear them rendered.

[*Exit Cassius, with some of the Plebeians.*

3. PLEB. The noble Brutus is ascended: silence!

BRU. Be patient till the last.
Romans, countrymen, and lovers, hear me for my cause, and be silent, that you may hear. Believe me for mine honour, and have respect to mine honour, that you may believe. Censure me in your wisdom, and awake your senses, that you may the better judge. If there be any in this assembly, any dear friend of Cæsar's, to him I say that Brutus' love to Cæsar was no less than his. If then that friend demand why Brutus rose against Cæsar, this is my answer: Not that I loved Cæsar less, but that I loved Rome more. Had you rather Cæsar were living, and die all slaves, than that Cæsar were dead, to live all free men? As Cæsar loved me, I weep for him; as he was fortunate, I rejoice at it; as he was valiant, I honour him; but, as he was ambitious, I slew him. There is tears, for his love; joy, for his fortune; honour, for his valour; and death, for his ambition. Who is here so base, that would be a bondman? If any, speak; for him have I offended.

SCENA II

Il foro.

Entra BRUTO e si reca al rostro, seguito da CASSIO e da una folla di plebei.

PLEBEI Vogliamo aver soddisfazione! che ci si dia soddisfazione!

BRUTO E allora seguitemi e datemi ascolto, amici. Cassio, tu va' nell'altra strada, e dividi la folla. Coloro che vogliono sentir me, restino pure qui, e coloro che preferiscono seguire Cassio, se ne vadano con lui. A tutti sarà data pubblica ragione della morte di Cesare.

PRIMO PLEBEO Io voglio sentire parlare Bruto.

SECONDO PLEBEO Ed io, invece, voglio sentire Cassio; e quindi, dopo che avremo sentito e l'uno e l'altro, faremo un confronto tra le loro ragioni. [*Exit Cassio con alcuni plebei.*

TERZO PLEBEO Il nobile Bruto è asceso al rostro: silenzio!

BRUTO Siate pazienti fino alla fine. Romani, cittadini e amici! Udite le ragioni della mia causa e restate in silenzio, in modo che possiate udire. Credete a me per il mio onore, e abbiate rispetto del mio onore, così che possiate credere. Giudicatemi nella vostra saggezza e risvegliate tutto il vostro ingegno, così che possiate giudicar meglio. Se qui, in mezzo a questa folla, c'è un qualche caro amico di Cesare io dico proprio a lui, che l'amore di Bruto per Cesare non era da meno del suo. E se questo amico richieda perché Bruto si sia sollevato contro Cesare, questa è la mia risposta: che non amavo Cesare da meno, ma che amavo Roma di più. Preferireste voi forse che Cesare fosse ancora in vita e che voi foste dannati a morire tutti schiavi, o preferite che Cesare sia morto, per vivere tutti uomini liberi? Che Cesare mi amasse, è ragione ch'io pianga per lui; che la fortuna gli sia stata benigna, fu causa che ne provassi piacere; che fosse coraggioso è cosa per la quale lo onoro; ma che fosse ambizioso mi fece forza a ucciderlo! E quindi ci sono qui lacrime per il suo amore, gioia per la sua fortuna, onore per il suo coraggio, e morte per la sua ambizione. Chi si ritrova mai, fra voi, così vile da desiderare di essere uno schiavo? se ce n'è uno soltanto, che parli, perché è lui che ho offeso. Chi si trova fra voi così screanzato da desiderare di non essere un romano? se ce n'è anche uno soltanto, che

Who is here so rude, that would not be a Roman? If any, speak; for him have I offended. Who is here so vile, that will not love his country? If any, speak; for him have I offended. I pause for a reply.

ALL. None, Brutus, none.

BRU. Then none have I offended. I have done no more to Cæsar than you shall do to Brutus. The question of his death is enroll'd in the Capitol; his glory not extenuated, wherein he was worthy; nor his offences enforc'd, for which he suffered death.

Enter MARK ANTONY [and others], with Cæsar's body.

Here comes his body, mourned by Mark Antony, who, though he had no hand in his death, shall receive the benefit of his dying, a place in the commonwealth, as which of you shall not? With this I depart, that, as I slew my best lover for the good of Rome, I have the same dagger for myself, when it shall please my country to need my death.

ALL. Live, Brutus! live! live!

1. PLEB. Bring him with triumph home unto his house.

2. PLEB. Give him a statue with his ancestors.

3. PLEB. Let him be Cæsar.

4. PLEB. Cæsar's better parts
Shall be crown'd in Brutus.

1. PLEB. We'll bring him to his house with shouts and [clamours.

BRU. My countrymen—

2. PLEB. Peace! Silence! Brutus speaks.

1. PLEB. Peace, ho!

BRU. Good countrymen, let me depart alone,
And, for my sake, stay here with Antony.
Do grace to Cæsar's corpse, and grace his speech
Tending to Cæsar's glories, which Mark Antony,
By our permission, is allow'd to make.
I do entreat you, not a man depart,
Save I alone, till Antony have spoke. [*Exit.*

parli, perché è lui che ho offeso. E se c'è qualcuno fra voi così snaturato che non porti amore al suo paese, se ce n'è anche uno soltanto, che parli, perché è lui che ho offeso. Mi interrompo, in attesa d'una risposta.

TUTTI Nessuno, Bruto! nessuno!

BRUTO E quindi io non ho recato offesa a nessuno. Non ho fatto a Cesare più di quello che voi non fareste a Bruto. Le circostanze della sua morte sono iscritte nel Campidoglio. La sua gloria non è per nulla attenuata in tutto ciò in cui egli fu degno, né i torti per i quali egli sofferse la morte sono in nulla esagerati.

Entra MARC'ANTONIO con il cadavere di CESARE; dietr'a lui, un seguito di persone.

Ecco che giunge il suo cadavere, compianto da Marc'Antonio, il quale, sebbene non abbia avuto alcuna parte nella sua morte, dovrà pur ricevere per quella il suo benefizio, e cioè un posto nella Repubblica. E chi di voi non riceverà l'eguale? Detto questo io mi traggo in disparte, poiché, così come ho ucciso l'amico mio prediletto per il bene di Roma, ho in serbo per me lo stesso pugnale, per quando piacerà al mio paese d'aver bisogno della mia morte.

TUTTI Vivi, Bruto! Vivi! Vivi!

PRIMO PLEBEO Portatelo in trionfo alla sua casa!

SECONDO PLEBEO Innalzate a lui una statua insieme ai suoi avi!

TERZO PLEBEO Ch'egli sia Cesare!

QUARTO PLEBEO Le migliori qualità di Cesare saranno coronate in Bruto!

PRIMO PLEBEO Lo accompagneremo alla sua casa con grida e clamori di giubilo!

BRUTO Concittadini...

SECONDO PLEBEO Zitti! Silenzio! Bruto parla.

PRIMO PLEBEO Zitti, dico!

BRUTO Buoni concittadini, lasciate che io parta da solo e, per amor mio, restate qui con Antonio. Rendete gli onori dovuti al cadavere di Cesare ed onorate il discorso di Antonio che, pronunziato col nostro consenso, è inteso a ricordare le glorie di Cesare. Tutti vi supplico che nessuno uomo si muova, tranne sol io, fino a quando Antonio non abbia finito di parlare. [*Exit.*

1. PLEB. Stay, ho! and let us hear Mark Antony.
3. PLEB. Let him go up into the public chair.
We'll hear him. Noble Antony, go up.
ANT. For Brutus' sake, I am beholding to you.
4. PLEB. What does he say of Brutus?
3. PLEB. He says, for Brutus' sake.
He finds himself beholding to us all.
4. PLEB. 'Twere best he speak no harm of Brutus here!
1. PLEB. This Cæsar was a tyrant.
3. PLEB. Nay, that's certain.
We are blest that Rome is rid of him.
2. PLEB. Peace! let us hear what Antony can say.
ANT. You gentle Romans,–
ALL. Peace, ho! let us hear him.
ANT. Friends, Romans, countrymen, lend me your ears;
I come to bury Cæsar, not to praise him.
The evil that men do lives after them,
The good is oft interred with their bones;
So let it be with Cæsar. The noble Brutus
Hath told you Cæsar was ambitious.
If it were so, it was a grievous fault,
And grievously hath Cæsar answer'd it.
Here, under leave of Brutus and the rest,
(For Brutus is an honourable man,
So are they all, all honourable men)
Come I to speak in Cæsar's funeral.
He was my friend, faithful and just to me;
But Brutus says he was ambitious,
And Brutus is an honourable man.
He hath brought many captives home to Rome,
Whose ransoms did the general coffers fill:
Did this in Cæsar seem ambitious?
When that the poor have cried, Cæsar hath wept;
Ambition should be made of sterner stuff:
Yet Brutus says he was ambitious,
And Brutus is an honourable man.
You all did see that on the Lupercal
I thrice presented him a kingly crown,
Which he did thrice refuse. Was this ambition?

PRIMO PLEBEO Nessuno si muova! Sentiamo che ha da dire Marc'Antonio.

TERZO PLEBEO Che egli salga sul pubblico seggio. Sentiremo quel che ha da dire. Sali, nobile Antonio.

ANTONIO Sono obbligato a tutti voi, per amore di Bruto.

QUARTO PLEBEO Che ha detto di Bruto?

TERZO PLEBEO Dice che, per amore di Bruto, si trova in obbligo verso di noi.

QUARTO PLEBEO Sarà bene che, almeno qui, non si provi a parlar male di Bruto!

PRIMO PLEBEO Cesare era un vero tiranno.

TERZO PLEBEO Su questo non c'è alcun dubbio. Siamo stati invero fortunati, che Roma se ne sia saputa liberare.

SECONDO PLEBEO Zitti! Sentiamo quel che può dirci Antonio.

ANTONIO Voi, buoni romani...

TUTTI Silenzio, ehi! Stiamolo a sentire.

ANTONIO Amici, romani, concittadini, prestatemi le vostre orecchie; sono venuto a seppellire Cesare, non a tesserne l'elogio. Il male che gli uomini compiono si prolunga oltre la loro vita, mentre il bene viene spesso sepolto insieme alle loro ossa. E così sia di Cesare. Il nobile Bruto vi ha detto che Cesare era ambizioso. Se così è stato, fu certo una colpa grave e in modo grave Cesare ne ha risposto. Qui, avendone avuta licenza da Bruto e dagli altri – poiché Bruto è un uomo d'onore e così son tutti gli altri, tutti uomini d'onore –, son io venuto a parlare ai funerali di Cesare. Egli era mio amico, era fedele ed era giusto verso di me; ma Bruto dice che era ambizioso, e Bruto è un uomo d'onore. Ha portato qui in Roma molti prigionieri, il cui riscatto seppe riempire le casse dello stato: poté sembrar questo, in Cesare, un atto di ambizione? Quando i poveri hanno pianto, Cesare ha lacrimato ancor lui insieme ad essi: io credo che l'ambizione dovrebbe esser fatta di una stoffa più rude: eppure Bruto dice ch'egli era ambizioso, e Bruto è un uomo d'onore. Tutti quanti potete ricordare di aver visto come, alla festa dei Lupercali, gli offersi ben tre volte una corona di re, la quale, tutte e tre le volte, egli insisté nel voler rifiutare. Fu questa ambizione? Eppure Bruto dice

Yet Brutus says he was ambitious,
And sure he is an honourable man.
I speak not to disprove what Brutus spoke,
But here I am to speak what I do know.
You all did love him once, not without cause;
What cause withholds you then to mourn for him?
O judgment, thou art fled to brutish beasts,
And men have lost their reason. Bear with me.
My heart is in the coffin there with Cæsar,
And I must pause till it come back to me.

1. PLEB. Methinks there is much reason in his sayings.

2. PLEB. If thou consider rightly of the matter,
Cæsar has had great wrong.

3. PLEB. Has he, masters?
I fear there will a worse come in his place.

4. PLEB. Mark'd ye his words? He would not take the crown;
Therefore 'tis certain he was not ambitious.

1. PLEB. If it be found so, some will dear abide it.

2. PLEB. Poor soul! His eyes are red as fire with weeping.

3. PLEB. There's not a nobler man in Rome than Antony.

4. PLEB. Now mark him; he begins again to speak.

ANT. But yesterday the word of Cæsar might
Have stood against the world; now lies he there,
And none so poor to do him reverence.
O masters! if I were dispos'd to stir
Your hearts and minds to mutiny and rage,
I should do Brutus wrong, and Cassius wrong,
Who, you all know, are honourable men.
I will not do them wrong; I rather choose
To wrong the dead, to wrong myself and you,
Than I will wrong such honourable men.
But here's a parchment with the seal of Cæsar;
I found it in his closet; 'tis his will.
Let but the commons hear this testament,
Which, pardon me, I do not mean to read,
And they would go and kiss dead Cæsar's wounds,
And dip their napkins in his sacred blood,
Yea, beg a hair of him for memory,

ch'egli era ambizioso, e non c'è dubbio che sia un uomo d'onore. Io non parlo per dar la mentita a quel che ha detto Bruto; parlo soltanto di quel che so. Tutti l'avete amato, e ne avevate ragione; quale ragione dunque vi impedisce ora di pianger per lui? O discernimento, sei fuggito a rifugiarti presso gli animali bruti, e gli uomini hanno perduto la ragione. Vogliate scusarmi. Il mio cuore si trova là, nella bara con Cesare, e debbo tacermi fino a quando non ritorni nel mio seno.

PRIMO PLEBEO Mi sembra che nelle sue parole vi siano molte cose giuste.

SECONDO PLEBEO Se si debba considerare tutta la questione secondo giustizia, Cesare ha ricevuto un torto grave.

TERZO PLEBEO Lo credete davvero, compari? Ho paura che al suo posto subentri qualcuno peggiore di lui.

QUARTO PLEBEO Avete fatto attenzione alle sue parole? Non volle saperne d'accettare la corona; e quindi possiamo star certi che non era ambizioso.

PRIMO PLEBEO Se si potrà dimostrare che ciò sia vero, qualcuno dovrà pagarla cara.

SECONDO PLEBEO Povero spirito! I suoi occhi, dal piangere che ha fatto, son rossi come il fuoco.

TERZO PLEBEO In tutta Roma non c'è un uomo dall'animo più nobile di Antonio.

QUARTO PLEBEO Guardate! riprende a parlare.

ANTONIO Appena ieri, la parola di Cesare avrebbe potuto levarsi in opposizione contro il mondo intero; ed ora invece egli giace là, e nessuno si crede così basso da dovergli rendere onore. Signori miei, se fossi incline ad eccitare il vostro cuore e il vostro spirito alla rivolta e alla collera, farei torto a Bruto, e farei torto a Cassio, i quali, come voi ben sapete, sono uomini d'onore. Ma io non farò loro alcun torto, e preferisco far torto invece a colui che qui si giace nella morte, preferisco far torto a me stesso e far torto a voi, anziché far torto a uomini d'onore quali essi sono. Ma qui c'è una pergamena con il sigillo di Cesare: l'ho trovata nel suo studio. È il suo testamento. Se il popolo facesse tanto di udire appena quel che c'è scritto in questo testamento — che, tuttavia, vogliate perdonarmi, non ho alcuna intenzione di leggervi — tutti se ne andrebbero a baciare le ferite di Cesare spento e ad immergere le loro pezzuole nel santo sangue di lui, ed anzi chiederebbero pur un capello di lui per suo ricordo e, in punto di morte,

And, dying, mention it within their wills,
Bequeathing it as a rich legacy
Unto their issue.

4. PLEB. We'll hear the will. Read it, Mark Antony.

ALL. The will, the will. We will hear Cæsar's will!

ANT. Have patience, gentle friends; I must not read it.
It is not meet you know how Cæsar lov'd you.
You are not wood, you are not stones, but men;
And being men, hearing the will of Cæsar,
It will inflame you, it will make you mad.
'Tis good you know not that you are his heirs;
For if you should, O, what would come of it?

4. PLEB. Read the will! We'll hear it, Antony!
You shall read us the will, Cæsar's will!

ANT. Will you be patient? Will you stay awhile?
I have o'ershot myself to tell you of it.
I fear I wrong the honourable men
Whose daggers have stabb'd Cæsar; I do fear it.

4. PLEB. They were traitors. Honourable men!

ALL. The will!—The testament!

2. PLEB. They were villains, murderers! The will! Read the will!

ANT. You will compel me then to read the will?
Then make a ring about the corpse of Cæsar,
And let me show you him that made the will.
Shall I descend? and will you give me leave?

ALL. Come down.

2. PLEB. Descend.

ANTONY comes down.

3. PLEB. You shall have leave.

4. PLES. A ring! Stand round.

1. PLEB. Stand from the hearse! stand from the body!

2. PLEB. Room for Antony, most noble Antony!

ANT. Nay, press not so upon me; stand far off.

lo menzionerebbero nelle loro ultime volontà, lasciandolo come un ricco legato alla lor prole.

QUARTO PLEBEO Vogliamo sentire quel che c'è scritto nel testamento. Leggilo, Marc'Antonio.

TUTTI Il testamento, il testamento! Vogliamo sentire il testamento di Cesare!

ANTONIO Portate pazienza, buoni amici. Non posso leggervelo: non è opportuno che conosciate quanto Cesare vi amava. Voi non siete fatti di legno o di pietra: siete uomini. Ed essendo, come siete, uomini, l'udire il testamento di Cesare v'incendierebbe d'una tale passione che tutti ne diverreste pazzi. È bene che voi non sappiate di essere i suoi eredi; perché, se lo sapeste, che cosa non ne uscirebbe?

QUARTO PLEBEO Leggi il testamento! vogliamo conoscerlo, Antonio! Ci leggerai il testamento, il testamento di Cesare!

ANTONIO Volete portar pazienza? volete aspettare un momento? Nel parlarvene, sono andato oltre le mie intenzioni. Temo davvero di far torto a quegli uomini d'onore, i cui pugnali hanno trafitto Cesare. Lo temo proprio.

QUARTO PLEBEO Eran traditori! Non uomini d'onore!

TUTTI Il testamento!... L'eredità!

SECONDO PLEBEO Erano canaglie, assassini! il testamento! leggi il testamento!

ANTONIO Mi volete dunque proprio costringere a leggervi il suo testamento con la forza? E allora, fate un cerchio attorno al cadavere di Cesare, e lasciate che vi mostri colui che ha fatto il testamento. Posso scendere? Me ne date licenza?

TUTTI Scendi.

SECONDO PLEBEO Vieni giù.

ANTONIO scende dal rostro.

TERZO PLEBEO Ne hai licenza.

QUARTO PLEBEO Tutti in cerchio, venite qui, tutti attorno!

PRIMO PLEBEO Tenetevi lontano dalla bara, lontano dal suo cadavere!

SECONDO PLEBEO Si faccia posto ad Antonio, al nobilissimo Antonio!

ANTONIO Non vi affollate troppo intorno a me, tenetevi a distanza.

ALL. Stand back! Room! Bear back!

ANT. If you have tears, prepare to shed them now.
You all do know this mantle. I remember
The first time ever Cæsar put it on;
'Twas on a summer's evening in his tent,
That day he overcame the Nervii.
Look, in this place ran Cassius' dagger through:
See what a rent the envious Casca made:
Through this the well-beloved Brutus stabb'd;
And as he pluck'd his cursed steel away,
Mark how the blood of Cæsar follow'd it,
As rushing out of doors, to be resolv'd
If Brutus so unkindly knock'd or no;
For Brutus, as you know, was Cæsar's angel.
Judge, O you gods, how dearly Cæsar lov'd him.
This was the most unkindest cut of all;
For when the noble Cæsar saw him stab,
Ingratitude, more strong than traitors' arms,
Quite vanquish'd him: then burst his mighty heart;
And in his mantle muffling up his face,
Even at the base of Pompey's statue
(Which all the while ran blood) great Cæsar fell.
O, what a fall was there, my countrymen!
Then I, and you, and all of us fell down,
Whilst bloody treason flourish'd over us.
O, now you weep, and I perceive you feel
The dint of pity. These are gracious drops.
Kind souls, what weep you when you but behold
Our Cæsar's vesture wounded? Look you here!
Here is himself, marr'd, as you see, with traitors.

1. PLEB. O piteous spectacle!

2. PLEB. O noble Cæsar!

3. PLEB. O woeful day!

4. PLEB. O traitors! villains!

1. PLEB. O most bloody sight!

2. PLEB. We will be revenged.

ALL. Revenge!—About!—Seek!—Burn!—Fire!—Kill!—Slay!—
Let not a traitor live.

ANT. Stay, countrymen.

1. PLEB. Peace there! Hear the noble Antony.

TUTTI Indietro, indietro! Fate posto! indietro!

ANTONIO Se avete lagrime, preparatevi a versarle adesso. Tutti riconoscete questo mantello. Ricordo bene la prima volta che Cesare ebbe a indossarlo. Era una sera d'estate, nella sua tenda, il giorno in cui sbaragliò i Nervii. Guardate: qui l'ha trapassato il pugnale di Cassio; guardate quale lacerazione ha fatta l'invido Casca! e qui lo ha pugnalato Bruto, il suo prediletto; e quand'egli trasse fuori l'acciaio suo dannato, guardate come lo volle inseguire il sangue di Cesare, quasi nell'atto di precipitarsi fuori di casa per essere sicuro che, a bussare in modo così sgarbato, fosse proprio Bruto e non altri; poiché Bruto, come sapete, era per Cesare quant'un figliuolo! Giudicate voi, o dèi, quanto affettuosamente Cesare lo amava! Questo fu certo il colpo più spietato di tutti, poiché quando il nobile Cesare lo vide levare il pugnale, l'ingratitudine, anche più forte che non l'armi dei traditori, d'un subito lo vinse. E ne scoppiò il suo magnanimo cuore. E, nascondendosi il volto in questo mantello, portatosi al piedistallo della statua di Pompeo – che nel frattempo tutta s'era bagnata di sangue! –, il grande Cesare cadde. Oh, qual caduta non fu quella, o miei concittadini! e io e voi cademmo, tutti in quel punto insieme a lui, mentre il tradimento sanguinario volle trionfare su noi. Ecco che voi, ora, piangete; onde m'avvedo che tutti sentite il morso della pietà. Queste son davvero gòcciole di grazia. Anime gentili, piangete forse soltanto al veder ferita la veste di Cesare? guardate qui, piuttosto; qui c'è lui stesso, straziato, come potete ben vedere, dai traditori!

PRIMO PLEBEO O pietoso spettacolo!

SECONDO PLEBEO O nobile Cesare!

TERZO PLEBEO O giorno di sventura!

QUARTO PLEBEO Canaglie! Traditori!

PRIMO PLEBEO O vista cruenta!

SECONDO PLEBEO Dobbiamo vendicarci!

TUTTI Vendetta... Andiamo!... Cercateli!... Bruciateli!... Fuoco! Uccidete!... Trucidate!... Che non sopravviva un solo traditore!

ANTONIO Fermi, concittadini!

PRIMO PLEBEO Zitti, silenzio! Ascoltate il nobile Antonio.

2. PLEB. We'll hear him, we'll follow him, we'll die with him.
ANT. Good friends, sweet friends, let me not stir you up
To such a sudden flood of mutiny.
They that have done this deed are honourable.
What private griefs they have, alas, I know not,
That made them do it. They are wise and honourable,
And will, no doubt, with reasons answer you.
I come not, friends, to steal away your hearts.
I am no orator, as Brutus is,
But (as you know me all) a plain blunt man,
That love my friend; and that they know full well
That gave me public leave to speak of him.
For I have neither wit, nor words, nor worth,
Action, nor utterance, nor the power of speech
To stir men's blood; I only speak right on.
I tell you that which you yourselves do know,
Show you sweet Cæsar's wounds, poor poor dumb mouths,
And bid them speak for me. But were I Brutus,
And Brutus Antony, there were an Antony
Would ruffle up your spirits, and put a tongue
In every wound of Cæsar that should move
The stones of Rome to rise and mutiny.
ALL. We'll mutiny.
1. PLEB. We'll burn the house of Brutus.
3. PLEB. Away then! Come, seek the conspirators.
ANT. Yet hear me, countrymen. Yet hear me speak.
ALL. Peace, ho!–Hear Antony, most noble Antony.
ANT. Why, friends, you go to do you know not what.
Wherein hath Cæsar thus deserv'd your loves?
Alas! you know not: I must tell you then.
You have forgot the will I told you of.
ALL. Most true.–The will!–Let's stay and hear the will.
ANT. Here is the will, and under Cæsar's seal.
To every Roman citizen he gives,
To every several man, seventy-five drachmas.

SECONDO PLEBEO Lo ascolteremo fino in fondo: lo seguiremo e moriremo con lui.

ANTONIO Buoni amici, cari amici, non vogliate ch'io vi sproni a un moto di rivolta così repentino. Coloro che han compiuta questa azione sono tutti uomini d'onore. Quali ragioni private di rancore essi abbiano avute per far questo, io non lo so. Son tutti assennati e onorabili, e sapranno darvi certamente in risposta delle buone ragioni. Io non son venuto, o amici, per strapparvi il cuore. Non sono un oratore abile quanto Bruto, ma – tutti mi conoscete – son soltanto un uomo semplice e schietto che amava l'amico suo. E questo lo sanno anch'essi, dal momento che m'hanno dato licenza di parlare di lui in pubblico. Poiché io non ho preparata e messa per iscritto alcuna orazione, né so manovrar le parole, né ho alcuna abilità, nel gesto e nella voce, né il mio modo di parlare ha alcuna facoltà di riscaldare il sangue alla gente. So appena discorrere alla buona, e non so dirvi altro se non quello che voi già sapete; oltre a mostrarvi le ferite del caro Cesare, povere povere mute bocche, chiedendo loro di parlare in vece mia. Ma se fossi Bruto, e Bruto fosse Antonio, allora vi sarebbe pur un Antonio capace di infiammare gli animi vostri e di mettere una lingua entro ognuna delle ferite di Cesare capace fin di smuovere i sassi di Roma, e di farli insorgere in aperta ribellione.

TUTTI Alla rivolta!

PRIMO PLEBEO Daremo fuoco alla casa di Bruto!

TERZO PLEBEO Andiamo! Scoviamo i cospiratori!

ANTONIO Statemi ancora a sentire, concittadini. Ho da dirvi ancora qualcosa!

TUTTI Silenzio, silenzio! State a sentire Antonio, il nobilissimo Antonio!

ANTONIO Non sapete quel che vi fate. In che ha meritato Cesare, così, del vostro amore? Ahimè, che non lo sapete: epperò debbo dirvelo. Vi siete scordati del testamento di cui pure vi ho parlato.

TUTTI È vero... il testamento... restiamo, e sentiamo quel che c'è scritto nel testamento!

ANTONIO Qui c'è il testamento, e qui sotto potete anche vedere il sigillo di Cesare. Egli lascia settantacinque dracme a ogni cittadino di Roma.

2. PLEB. Most noble Cæsar! We'll revenge his death.

3. PLEB. O royal Cæsar!

ANT. Hear me with patience.

ALL. Peace, ho!

ANT. Moreover, he hath left you all his walks,
His private arbours, and new-planted orchards,
On this side Tiber; he hath left them you,
And to your heirs for ever; common pleasures,
To walk abroad and recreate yourselves.
Here was a Cæsar! when comes such another?

1. PLEB. Never, never! Come, away, away!
We'll burn his body in the holy place,
And with the brands fire the traitors' houses.
Take up the body.

2. PLEB. Go fetch fire.

3. PLEB. Pluck down benches.

4. PLEB. Pluck down forms, windows, any thing.

[*Exeunt Plebeians* [*with the body*].

ANT. Now let it work. Mischief, thou art afoot,
Take thou what course thou wilt! How now, fellow?

Enter Servant.

SERV. Sir, Octavius is already come to Rome.

ANT. Where is he?

SERV. He and Lepidus are at Cæsar's house.

ANT. And thither will I straight to visit him.
He comes upon a wish. Fortune is merry,
And in this mood will give us any thing.

SERV. I heard him say Brutus and Cassius
Are rid like madmen through the gates of Rome.

ANT. Belike they had some notice of the people,
How I had mov'd them. Bring me to Octavius. [*Exeunt.*

SECONDO PLEBEO Nobilissimo Cesare! vendicheremo la sua morte!

TERZO PLEBEO O Cesare regale!

ANTONIO Vogliate starmi a sentire con pazienza.

TUTTI Silenzio, ehi!

ANTONIO Vi ha lasciato, inoltre, eredi di tutti i suoi parchi, di tutti i suoi giardini, e dei suoi orti di novella piantagione che si trovano da questo lato del Tevere. Li ha lasciati, a voi e ai vostri eredi, per sempre: luoghi pubblici di piacere dove possiate passeggiare e ricrearvi. Questo era davvero un Cesare! Quando ne verrà mai, un altro come lui?

PRIMO PLEBEO Mai, mai! Suvvìa, andiamo, andiamo! Arderemo il suo cadávere nel luogo santo, e con i tizzoni daremo fuoco alle case dei traditori. Sollevate il cadavere!

SECONDO PLEBEO Andate a prendere il fuoco!

TERZO PLEBEO Rovesciate le panche!

QUARTO PLEBEO Rovesciate gli sgabelli, le impannate, e insomma ogni cosa. [*Exeunt i plebei con il cadavere di Cesare.*

ANTONIO Che la cosa si faccia strada, ora, da sé. Il malanno è scatenato e prenda pure il corso che gli aggrada! Che vuoi, camerata?

Entra un Servo.

SERVO Signore, Ottaviano è giunto a Roma.

ANTONIO E dov'è?

SERVO Si trova, insieme a Lepido, nella casa di Cesare.

ANTONIO Andrò subito a incontrarmi con lui. Arriva in buon punto. La fortuna par lieta, e se continui in questo bell'umore, ci vorrà concedere ogni cosa.

SERVO Ho sentito dire che Bruto e Cassio son fuggiti a cavallo, come pazzi, per le porte di Roma.

ANTONIO Forse hanno avuto una qualche notizia di come io sia riuscito a muover l'animo del popolo. Accompagnami da Ottaviano. [*Exeunt.*

SCENE III

[The Same. A Street.]

Enter CINNA the Poet, and after him the Plebeians.

CIN. I dream to-night that I did feast with Cæsar,
And things unluckily charge my fantasy.
I have no will to wander forth of doors,
Yet something leads me forth.

1. PLEB. What is your name?

2. PLEB. Whither are you going?

3. PLEB. Where do you dwell?

4. PLEB. Are you a married man or a bachelor?

2. PLEB. Answer every man directly.

1. PLEB. Ay, and briefly.

4. PLEB. Ay, and wisely.

3. PLEB. Ay, and truly, you were best.

CIN. What is my name? Whither am I going? Where do I dwell? Am I a married man or a bachelor? Then, to answer every man directly and briefly, wisely and truly: wisely I say, I am a bachelor.

2. PLEB. That's as much as to say they are fools that marry. You'll bear me a bang for that, I fear. Proceed, directly.

CIN. Directly, I am going to Cæsar's funeral.

1. PLEB. As a friend or an enemy?

CIN. As a friend.

2. PLEB. The matter is answered directly.

4. PLEB. For your dwelling, briefly.

CIN. Briefly, I dwell by the Capitol.

3. PLEB. Your name, sir, truly.

CIN. Truly, my name is Cinna.

1. PLEB. Tear him to pieces! He's a conspirator.

CIN. I am Cinna the poet, I am Cinna the poet.

4. PLEB. Tear him for his bad verses, tear him for his bad verses.

SCENA III

Una strada.

Entra CINNA poeta, seguito da alcuni plebei.

CINNA Stanotte ho sognato che sedevo a banchetto con Cesare ed alcuni presagi di sventura gravavano in modo sinistro la mia fantasia. Non ho alcuna voglia di girar per le strade, e nondimeno c'è qualcosa che mi spinge ad uscir fuori.

PRIMO PLEBEO Come ti chiami?

SECONDO PLEBEO Dove vai?

TERZO PLEBEO Dove abiti?

QUARTO PLEBEO Sei ammogliato o scapolo?

SECONDO PLEBEO Rispondi subito a tutti.

PRIMO PLEBEO E rispondi con poche parole.

QUARTO PLEBEO E in modo chiaro e preciso.

TERZO PLEBEO E soprattutto di' la verità, ché farai molto meglio.

CINNA Come mi chiamo? dove vado? dove abito? sono sposato o scapolo? Per rispondere a tutti, subito, con poche parole, in modo preciso e veritiero, comincerò intanto col dire che sono scapolo.

SECONDO PLEBEO Questo val quanto dire che coloro i quali, invece, han tolto moglie son degli sciocchi. Per aver detto questo, temo che dovrai prenderti un pugno. Va' avanti e con precisione.

CINNA Per esser precisi, vado al funerale di Cesare.

PRIMO PLEBEO Da amico, o da nemico?

CINNA Da amico.

SECONDO PLEBEO A questo hai risposto in modo preciso.

QUARTO PLEBEO E quanto alla tua abitazione, dovrai descriverla in poche parole.

CINNA In poche parole vi dirò, infatti, che abito presso il Campidoglio.

TERZO PLEBEO Come ti chiami? di' tutta la verità!

CINNA Per dir tutta la verità, mi chiamo Cinna.

PRIMO PLEBEO Fatelo in pezzi! È un cospiratore!

CINNA Ma io son Cinna poeta, son Cinna poeta!

QUARTO PLEBEO Fatelo in pezzi, allora, per i suoi brutti versi! fatelo in pezzi, allora, per i suoi brutti versi.

CIN. I am not Cinna the conspirator.

1. PLEB. It is no matter, his name's Cinna; pluck but his name out of his heart, and turn him going.

3. PLEB. Tear him, tear him! Come, brands, ho! firebrands! To Brutus', to Cassius'; burn all! Some to Decius' house, and some to Casca's; some to Ligarius'. Away! go!

[*Exeunt all the Plebeians*[*, dragging off Cinna*].

CINNA Ma io non sono Cinna cospiratore!

PRIMO PLEBEO Non importa: si chiama Cinna! Strappategli dal cuore il suo proprio nome, e poi mandatelo a spasso!

TERZO PLEBEO In pezzi, in pezzi! Andiamo, prendete dei tizzoni, ehi! dei tizzoni ardenti! Alla casa di Bruto e a quella di Cassio! date fuoco a tutto! Qualcuno vada alla casa di Decio; altri a quella di Casca, e altri ancora a quella di Ligario. Suvvia, andiamo! [*Exeunt i plebei trascinando Cinna poeta.*

ACT IV

SCENE I

[Rome. A Room in Antony's House.]

Enter ANTONY, OCTAVIUS, and LEPIDUS.

ANT. These many then shall die; their names are prick'd.
OCT. Your brother too must die; consent you, Lepidus?
LEP. I do consent—
OCT. Prick him down, Antony.
LEP. Upon condition Publius shall not live,
Who is your sister's son, Mark Antony.
ANT. He shall not live. Look, with a spot I damn him.
But, Lepidus, go you to Cæsar's house;
Fetch the will hither, and we shall determine
How to cut off some charge in legacies.
LEP. What, shall I find you here?
OCT. Or here or at the Capitol. [*Exit Lepidus.*
ANT. This is a slight unmeritable man,
Meet to be sent on errands. Is it fit,
The three-fold world divided, he should stand
One of the three to share it?
OCT. So you thought him,
And took his voice who should be prick'd to die
In our black sentence and proscription.

ATTO QUARTO

SCENA PRIMA

Roma. La casa di Antonio.

Entrano ANTONIO, OTTAVIANO e LEPIDO.

ANTONIO Tutti costoro, dunque, dovranno morire: i loro nomi sono stati già segnati.

OTTAVIANO Deve morire anche tuo fratello: che hai da dire, Lepido?

LEPIDO Nulla...

OTTAVIANO E allora segnalo, Antonio.

LEPIDO ... a patto che non viva nemmeno Publio, ch'è figlio di tua sorella, Marc'Antonio.

ANTONIO Non vivrà neppur lui. Ecco: basta un mio segno a condannarlo. Ma tu, Lepido, è meglio che vada alla casa di Cesare a prendere il suo testamento, così che ci sia dato decidere in qual modo si possano abolire quei legati che risultano troppo gravosi.

LEPIDO E vi ritroverò, al mio ritorno?

OTTAVIANO O qui, o al Campidoglio. [*Exit Lepido.*

ANTONIO È un uomo da nulla, e che non merita alcuna considerazione; è degno, tutt'al più, d'essere mandato in giro per fattorino! Come può essere giusto che, una volta diviso il mondo in tre parti, Lepido debba essere uno dei tre che partecipano alla divisione?

OTTAVIANO Un tempo credesti che potesse esser giusto, ed hai anche ascoltato il suo parere attorno a chi avrebbe dovuto esser segnato per la condanna a morte nelle liste nere di proscrizione.

ANT. Octavius, I have seeen more days than you;
And though we lay these honours on this man,
To ease ourselves of divers sland' rous loads,
He shall but bear them as the ass bears gold,
To ease ourselves of divers sland'rous loads,
Either led or driven, as we point the way;
And having brought our treasure where we will,
Then take we down his load, and turn him off,
Like to the empty ass, to shake his ears,
And graze in commons.
OCT. You may do your will;
But he's a tried and valiant soldier.
ANT. So is my horse, Octavius, and for that
I do appoint him store of provender.
It is a creature that I teach to fight,
To wind, to stop, to run directly on,
His corporal motion govern'd by my spirit.
And, in some taste, is Lepidus but so:
He must be taught, and train'd, and bid go forth:
A barren-spirited fellow: one that feeds
On objects, arts, and imitations,
Which, out of use and stal'd by other men,
Begin his fashion. Do not talk of him
But as a property. And now, Octavius,
Listen great things. Brutus and Cassius
Are levying powers; we must straight make head.
Therefore let our alliance be combin'd,
Our best friends made, our means stretch'd;
And let us presently go sit in council,
How covert matters may be best disclos'd,
And open perils surest answered.
OCT. Let us do so: for we are at the stake,
And bay'd about with many enemies;
And some that smile have in their hearts, I fear,
Millions of mischiefs. [*Exeunt.*

ANTONIO Ottaviano, ho veduto più giorni di te: e sebbene noi carichiamo tali e tanti onori su costui al fin d'alleggerirci di alquanti pesi fastidiosi, per i quali potremmo incorrere nel disfavore popolare, egli tuttavia non sarà buono a portarli se non al modo con che il ciuco trasporta l'oro, e cioè per gemere e per sudare sotto la fatica, guidato o anche spinto a seconda della via da noi indicata; e quando avrà portato il nostro tesoro nel luogo che intendiamo, gli toglieremo il carico di dosso e, simile a un asino svuotato, lo scacceremo e lo manderemo a scuotere l'orecchie e a brucar l'erba nei prati.

OTTAVIANO Fa' pure quel che vuoi; ma, a dir la verità, è un soldato di provato valore.

ANTONIO Tale è anche il mio cavallo, Ottaviano, ed è per questo che gli concedo del foraggio in grande abbondanza; e gl'insegno a combattere, a far volteggi, ad arrestarsi e a correr dritto in avanti; ma i movimenti del suo corpo son sempre governati dalla mia mente; e, per qualche verso, Lepido si comporta allo stesso modo: bisogna insegnargli tutto, ammaestrarlo in tutto, e dirigerlo in tutto. Il suo ingegno non produce nulla, ed egli si nutre solo di curiosità, di artifici e imitazioni, le quali diventano parte del suo corredo mentale soltanto quando sono state già consumate e involgarite dagli altri. Non parliamo di lui se non come d'un semplice strumento del quale ci si possa servire. Ed ora, Ottaviano, passiamo ad argomenti più importanti: Bruto e Cassio stanno arruolando un esercito. Dobbiamo prepararci subito a opporre loro resistenza. Si concluda, quindi, la nostra alleanza, si rinsaldi la fede dei nostri migliori amici e si raccolgano quanti più mezzi è possibile, per farli servire all'uso. E raduniamoci subito in consiglio, per vedere in che modo si possano meglio portare alla luce le trame segrete e fronteggiare i pericoli più immediati e palesi.

OTTAVIANO Così si faccia, ché siamo legati entrambi al palo e siamo circondati, per ogni parte, da molti nemici.[1] E alcuni che pure ci mostrano il volto sorridente serbano in cuore, com'io temo, innumeri propositi maligni. [*Exeunt.*

[1] Si tratta d'una immagine tolta a una sorta di brutale spettacolo cui si dilettavano i pubblici elisabettiani, nel quale un orso veniva legato a un palo ed aizzato da una muta di cani.

SCENE II

[Camp near Sardis. Before Brutus's Tent.]

Drum. Enter BRUTUS, LUCILIUS, [LUCIUS,] and the Army. TITINIUS and PINDARUS meet them.

BRU. Stand ho!
LUCIL. Give the word, ho! and stand.
BRU. What now, Lucilius, is Cassius near?
LUCIL. He is at hand, and Pindarus is come
To do you salutation from his master.
BRU. He greets me well. Your master, Pindarus,
In his own change, or by ill officers,
Hath given me some worthy cause to wish
Things done undone; but if he be at hand,
I shall be satisfied.
PIN. I do not doubt
But that my noble master will appear
Such as he is, full of regard and honour.
BRU. He is not doubted. A word, Lucilius;
How he receiv'd you, let me be resolv'd.
LUCIL. With courtesy and with respect enough,
But not with such familiar instances,
Nor with such free and friendly conference,
As he hath us'd of old.
BRU. Thou hast describ'd
A hot friend cooling. Ever note, Lucilius,
When love begins to sicken and decay
It useth an enforced ceremony.
There are no tricks in plain and simple faith;
But hollow men, like horses hot at hand,
Make gallant show and promise of their mettle;
[*Low march within.*]
But when they should endure the bloody spur,
They fall their crests, and like deceitful jades
Sink in the trial. Comes his army on?
LUCIL. They mean this night in Sardis to be quarter'd;
The greater part, the horse in general,
Are come with Cassius.

SCENA II

Campo nei pressi di Sardi. La tenda di Bruto.

Tamburo. Entrano BRUTO, LUCILIO, LUCIO e l'esercito, da una parte. Dall'altra, entrano TITINIO e PINDARO.

BRUTO Alto là!

LUCILIO La parola d'ordine, ehi! Fermatevi!

BRUTO Ebbene, Lucilio, Cassio è vicino?

LUCILIO È qui, poco distante, e Pindaro è già venuto a porgervi il saluto da parte del suo padrone.

BRUTO Egli mi onora. Il suo padrone, o Pindaro, per un qualche mutamento che in lui s'è dato, ovvero per colpa d'alcuni uffiziali malevoli, m'ha dato una qualche importante ragione per desiderare che talune cose fatte siano disfatte. Ma se si trova qui vicino, penso che mi darà le sue spiegazioni.

PINDARO Sono sicuro che il mio nobile padrone vi apparirà per quel che egli è, e cioè degno di rispetto e di onore.

BRUTO Non dubito di lui. Una parola, Lucilio: narrami, nei particolari, come ti ha ricevuto.

LUCILIO Mi ha ricevuto con cortesia e con sufficiente considerazione, ma pure senza quella premura e quell'affetto, né con quella conversazione sciolta e cordiale con la quale era uso ricevermi una volta.

BRUTO Hai così descritto una calda amicizia che si viene raffreddando. Fa' attenzione, Lucilio: quando l'amore prende ad ammalare e ad affievolirsi, fa sempre uso di cortesie spese di contraggenio. In una fedeltà semplice e schietta non si trovano artifici di sorta. Ma gli uomini insinceri, simili a de' focosi cavalli tenuti alla cavezza, fanno grande sfoggio di sé e si abbandonano a ogni sorta di promettenti prodezze. [*Marcia, di dentro.*] Ma quando invece dovrebbero apprestarsi a sopportare lo sprone sanguinoso, abbassano subito la cresta, e, quali frodolenti ronzini, soccombono alla prova. Sono i suoi soldati, questi che si avvicinano?

LUCILIO Intendono, per questa notte, di fissare il proprio quartiere in Sardi. Tuttavia la cavalleria, ed anche una gran parte del resto è venuta con Cassio.

Enter CASSIUS and his Powers.

BRU. Hark! he is arriv'd.
March gently on to meet him.

CAS. Stand ho!

BRU. Stand ho! Speak the word along.

[FIRST SOLD.] Stand!

[SECOND SOLD.] Stand!

[THIRD SOLD.] Stand!

CAS. Most noble brother, you have done me wrong.

BRU. Judge me, you gods; wrong I mine enemies?
And if not so, how should I wrong a brother?

CAS. Brutus, this sober form of yours hides wrongs;
And when you do them—

BRU. Cassius, be content.
Speak your griefs softly; I do know you well.
Before the eyes of both our armies here,
Which should perceive nothing but love from us,
Let us not wrangle. Bid them move away;
Then in my tent, Cassius, enlarge your griefs,
And I will give you audience.

CAS. Pindarus,
Bid our commanders lead their charges off
A little from this ground.

BRU. Lucius, do you the like; and let no man
Come to our tent till we have done our conference.
Lucilius and Titinius guard our door.

[*Exeunt. Manent Brutus and Cassius.*

SCENE III

[Within the tent of Brutus.]

CAS. That you have wrong'd me doth appear in this:
You have condemn'd and noted Lucius Pella
For taking bribes here of the Sardians;
Wherein my letters, praying on his side,
Because I knew the man, was slighted off.

Entra CASSIO con i Soldati.

BRUTO Non senti? È arrivato: andate a riceverlo con cortesia.

CASSIO Alto là!

BRUTO Alto là! La parola d'ordine!

PRIMO SOLDATO Fermi.

SECONDO SOLDATO Fermi.

TERZO SOLDATO Fermi.

CASSIO Nobilissimo fratello, m'hai usato torto.

BRUTO Giudicatemi voi, o dèi: ho usato mai un torto ai miei nemici? E se non l'ho usato loro, come avrei potuto usarlo al fratello mio?

CASSIO Bruto, questo tuo aspetto tranquillo nasconde delle offese; e quando tu le commetta...

BRUTO Non temere, Cassio. Esponi pure tutte le tue lamentele con voce calma. Ti conosco bene. Agli occhi d'entrambi i nostri eserciti, che non dovrebbero contemplare in noi altro che un esempio d'amorosa concordia, cerchiamo di non aver dispute. E quindi ordina ai tuoi uomini d'allontanarsi, e portiamoci nella mia tenda, Cassio, dove tu potrai dar sfogo a tutte le tue lagnanze e dove io ti presterò tutta l'attenzione.

CASSIO Pindaro, ordina ai nostri comandanti di trasferire le loro truppe un poco lontano da questo luogo.

BRUTO Lucio, tu fa lo stesso; e che nessuno venga alla nostra tenda fino a quando il nostro abboccamento non sia terminato. Lucilio e Titinio restino a guardia dell'entrata.

[*Exeunt omnes, tranne Bruto e Cassio.*

SCENA III

La tenda di Bruto.

BRUTO e CASSIO son già in scena.

CASSIO Che tu m'abbia offeso appare in questo: hai condannato e segnato col marchio dell'infamia Lucio Pella, accusandolo d'avere accettato dei donativi da parte degli abitanti di Sardi, così che le mie lettere, nelle quali intercedevo in suo favore per la buona opinione che avevo di lui, non furon tenute in nessun conto.

BRU. You wrong'd yourself to write in such a case.
CAS. In such a time as this it is not meet
That every nice offence should bear his comment.
BRU. Let me tell you, Cassius, you yourself
Are much condemn'd to have an itching palm,
To sell and mart your offices for gold
To undeservers.
CAS. I an itching palm!
You know that you are Brutus that speaks this,
Or, by the gods, this speech were else your last.
BRU. The name of Cassius honours this corruption,
And chastisement doth therefore hide his head.
CAS. Chastisement!
BRU. Remember March, the ides of March remember.
Dit not great Julius bleed for justice' sake?
What villain touch'd his body, that did stab,
And not for justice? What, shall one of us,
That struck the foremost man of all this world
But for supporting robbers, shall we now
Contaminate our fingers with base bribes,
And sell the mighty space of our large honours
Fors so much trash as may be grasped thus?
I had rather be a dog, and bay the moon,
Than such a Roman.
CAS. Brutus, bait not me;
I'll not endure it. You forget yourself,
To hedge me in. I am a soldier, I,
Older in practice, abler than yourself
To make conditions.
BRU. Go to! you are not, Cassius.
CAS. I am.
BRU. I say you are not.
CAS. Urge me no more, I shall forget myself;
Have mind upon your health; tempt me no farther.
BRU. Away, slight man!
CAS. Is't possible?
BRU. Hear me, for I will speak.
Must I give way and room to your rash choler?
Shall I be frighted when a madman stares?

BRUTO Sei stato tu a far torto a te stesso con lo scrivere quelle lettere.

CASSIO In tempi come questi che attraversiamo, non è opportuno che si censùrino anche le colpe più insignificanti.

BRUTO Lascia che te lo dica, Cassio: ti si rimprovera molto, all'ingiro, d'aver le mani lunghe e di mercanteggiare le cariche vendendole a gente immeritevole, e a peso d'oro.

CASSIO Io le mani lunghe! hai osato dir questo soltanto perché sai di essere Bruto, ché altrimenti, per gli dèi, sarebbero state le tue ultime parole.

BRUTO Il nome di Cassio rende onore a codesti traffici corrotti, onde il castigo nasconde il suo vero volto.

CASSIO Il castigo?

BRUTO Ricordati di marzo, ricordati delle idi di marzo. Il grande Giulio non sanguinò forse in nome della giustizia? Qual scellerato vi fu, tra quelli che anche soltanto sfiorarono il suo corpo, che non colpisse in nome della giustizia? Ebbene, dovrà forse uno di noi due, che colpì il primo uomo del mondo solo perché proteggeva dei ladri, dovrà forse, dico, contaminare le nostre dita con dei turpi doni di danaro e vendere l'ampio campo e il largo spazio del nostro onore per del metallo vile che si possa afferrare, nella mano, così? [*Compie il gesto.*] Preferirei essere un cane ed abbaiare alla luna, anziché essere un tal romano!

CASSIO Bruto, bada di non provocarmi; ché non saprei sopportarlo. Tu dimentichi te stesso, per contrariarmi. Sono un soldato assai più vecchio di te, quanto all'esperienza, e molto più capace di te nel trattare gli affari.

BRUTO Non è vero che lo sei, Cassio.

CASSIO Lo sono.

BRUTO Ed io ripeto che non lo sei.

CASSIO Non mi provocare oltre, perché potrei anche perder la calma. Pensa alla tua salute e non tentarmi oltre.

BRUTO Evvia, uomo da poco!

CASSIO È possibile?

BRUTO Devi starmi a sentire, perché dirò tutto fino in fondo. Come posso cedere e far posto, invece, alla tua collera sconsiderata? Credi forse di spaventarmi, mostrandomi un pazzo in vena di stralunare gli occhi?

CAS. O ye gods, ye gods! Must I endure all this?

BRU. All this? ay, more: fret till your proud heart break;
Go show your slaves how choleric you are,
And make your bondmen tremble. Must I budge?
Must I observe you? Must I stand and crouch
Under your testy humour? By the gods,
Your shall digest the venom of your spleen,
Though it do split you; for, from this day forth,
I'll use you for my mirth, yea, for my laughter,
When you are waspish.

CAS. Is it come to this?

BRU. You say you are a better soldier:
Let it appear so; make your vaunting true,
And it shall please me well. Form mine own part,
I shall be glad to learn of noble men.
You wrong me every way; you wrong me, Brutus.

CAS. I said, an elder soldier, not a better:
Did I say better?

BRU. If you did, I care not.

CAS. When Cæsar liv'd, he durst not thus have mov'd me.

BRU. Peace, peace! you durst not so have tempted him.

CAS. I durst not?

BRU. No.

CAS. What? durst not tempt him?

BRU. For your life you durst not.

CAS. Do not presume too much upon my love.
I may do that I shall be sorry for.

BRU. You have done that you should be sorry for.
There is no terror, Cassius, in your threats;
For I am arm'd so strong in honesty
That they pass by me as the idle wind,
Which I respect not. I did send to you
For certain sums of gold, which you denied me;
For I can raise no money by vile means:
By heaven, I had rather coin my heart,
And drop my blood for drachmas, than to wring
From the hard hands of peasants their vile trash
By any indirection. I did send

CASSIO O dèi, o dèi! debbo dunque sopportar tutto questo?

BRUTO Tutto questo, e anche dell'altro: e dovrai fremere fino a che non si schianti quel tuo cuore gonfio di orgoglio. Mostra pure ai tuoi schiavi quanto puoi essere rabbioso, e fa' pure tremare i tuoi servi verga a verga. Ma non pensare che io debba cedere o assecondare i tuoi capricci o balzare in piedi, o accucciarmi soltanto per il tuo umore collerico! Digerisci da te, per gli dèi, il veleno della tua stessa rabbia, anche se dovessi scoppiarne, poiché d'ora in poi ti terrò per il mio divertimento... Sì, perché quando sarai nuovamente di umore collerico, la cosa vorrà considerarsi, da me, soltanto come un'occasione di riso.

CASSIO Siam dunque giunti a questo?

BRUTO Dici di essere, tra i due, il miglior soldato; cerca, piuttosto, di dimostrarlo. Giustifica questa tua vanteria, ed io ne sarò felice. Per parte mia, godo sempre di qualsiasi occasione che mi faccia apprender qualcosa dagli uomini dall'animo generoso.

CASSIO Mi fai torto in tutti i modi. Mi fai torto, o Bruto. Ho detto di essere un soldato più anziano, non ho detto di essere il migliore. Ho forse detto d'essere il migliore?

BRUTO Che tu l'abbia detto o non l'abbia detto, non importa.

CASSIO Quando Cesare era vivo, non avrebbe mai avuto il coraggio di provocarmi come tu mi provochi ora.

BRUTO Basta, basta! Sei tu che non avresti avuto il coraggio di provocar lui!

CASSIO Non avrei avuto il coraggio?

BRUTO No.

CASSIO Come? non avrei avuto il coraggio di provocarlo?

BRUTO Giuro, per la tua vita, che non lo avresti avuto.

CASSIO Non far troppo assegnamento sul mio affetto! potrei far qualcosa di cui poi dovrei pentirmi.

BRUTO Qualcosa per cui dovrai pentirti, tu l'hai già fatta. Le tue minacce, Cassio, non mi fanno paura, perché io sono così fortemente armato d'ogni onestà, che mi passano accanto come una vana bava di vento della quale non mi curo. Ti ho mandato a chiedere alcune somme d'oro, che tu hai rifiutato. Non mi riesce infatti, di raccoglier danaro con mezzi indegni. Ma, per il cielo, preferirei coniare i soldi dal mio stesso cuore, e versare il mio sangue in dracme anziché estorcere dalle mani callose dei contadini la loro vile pecunia per vie illecite. Ti ho mandato a chiedere

To you for gold to pay my legions,
Which you denied me: was that done like Cassius?
Should I have answer'd Caius Cassius so?
When Marcus Brutus grows so covetous,
To lock such rascal counters from his friends,
Be ready, gods, with all your thunderbolts,
Dash him to pieces!

CAS. I denied you not.

BRU. You did.

CAS. I did not. He was but a fool
That brought my answer back. Brutus hath riv'd my heart.
A friend should bear his friend's infirmities;
But Brutus makes mine greater than they are.

BRU. I do not, till you practise them on me.

CAS. You love me not.

BRU. I do not like your faults.

CAS. A friendly eye could never see such faults.

BRU. A flatterer's would not, thought they do appear
As huge as high Olympus.

CAS. Come, Antony, and young Octavius, come,
Revenge yourselves alone on Cassius,
For Cassius is aweary of the world:
Hated by one he loves; brav'd by his brother;
Check'd like a bondman; all his faults observ'd,
Set in a note-book, learn'd, and conn'd by rote,
To cast into my teeth. O, I could weep
My spirit from mine eyes! There is my dagger,
And here my naked breast; within, a heart
Dearer than Pluto's mine, richer than gold:
If that thou be'st a Roman, take it forth.
I, that denied thee gold, will give my heart:
Strike, as thou didst at Cæsar; for I know,
When thou didst hate him worst, thou lov'dst him better
Than ever thou lov'dst Cassius.

BRU. Sheathe your dagger.
Be angry when you will, it shall have scope;
Do what you will, dishonour shall be humour.
O Cassius, you are yoked with a lamb
That carries anger as the flint bears fire,

dell'oro per pagare le mie legioni: e tu me l'hai negato. Fu questa un'azione degna di Cassio? Avrei forse risposto io a questo modo, a Caio Cassio? Quando Marco Bruto diventa così avaro da chiudere a chiave le miserabili monete perché non ne tocchino i suoi amici, gli dèi si preparino pure, con tutte le loro folgori, a farlo in mille pezzi!

CASSIO Io non ti ho negato nulla.

BRUTO Non è vero, m'hai negato il danaro.

CASSIO Non te l'ho negato. Colui che ha riportato indietro la mia risposta dev'essere stato uno sciocco. Bruto mi ha schiantato il cuore. Un amico dovrebbe essere capace di sopportare le debolezze dell'amico. Ma Bruto, invece, rende le mie più grandi ancora di quel che sono.

BRUTO Non è vero, se non debbono ricader su me.

CASSIO Tu non mi ami.

BRUTO Sono solo i tuoi difetti che non amo.

CASSIO I miei son difetti dei quali l'occhio d'un amico non dovrebbe neppure accorgersi.

BRUTO Non se ne accorgerebbe l'occhio di un adulatore, anche se si mostrassero grossi quanto l'eccelso Olimpo.

CASSIO Suvvia, Antonio, vieni, e vieni anche tu, giovane Ottaviano, e vendicatevi soltanto su Cassio, poiché Cassio è stanco di questo mondo; è odiato proprio da colui ch'egli più ama, è sfidato dal suo proprio fratello, è redarguito come se fosse uno schiavo, tutti i suoi difetti sono notati e segnati su un taccuino, e quindi sono mandati a mente, per potermi essere rinfacciati quando se ne dia il caso. Oh, io potrei piangere dagli occhi tutta l'anima mia! Questo è il mio pugnale e qui c'è il mio petto ignudo; e dentro c'è un cuore, che è più prezioso ancora delle miniere di Pluto, e più ricco che l'oro. Se tu sei davvero un romano, strappalo dal suo luogo. Io, che ti negai dell'oro, ti concederò il mio cuore. Colpisci, come colpisti Cesare, poiché ora so che quando l'odiavi di più, lo amavi certamente molto più di quanto non abbia mai amato Cassio.

BRUTO Riponi il pugnale nel fodero. Monta pure in collera quando vuoi, e sarà per tuo sfogo. Fa' pure quel che più ti talenta, ed io prenderò sempre qualsiasi insulto che mi venga da te come un puro capriccio. O Cassio, ti sei aggiogato con un agnello che porta la furia al modo stesso che la pietra focaia porta il fuo-

Who, much enforced, shows a hasty spark,
And straight is cold again.
CAS. Hath Cassius liv'd
To be but mirth and laughter to his Brutus,
When grief and blood ill-temper'd vexeth him?
BRU. When I spoke that, I was ill-temper'd too.
CAS. Do you confess so much? Give me your hand.
BRU. And my heart too.
CAS. O Brutus!
BRU. What's the matter?
CAS. Have not you love enough to bear with me,
When that rash humour which my mother gave me
Makes me forgetful?
BRU. Yes, Cassius; and from henceforth
When you are over-earnest with your Brutus,
He'll think your mother chides, and leave you so.

Enter a Poet [, followed by LUCILIUS, TITINIUS, and LUCIUS].

POET. Let me go in to see the generals.
There is some grudge between'em; 'tis not meet
They be alone.
LUCIL. You shall not come to them.
POET. Nothing but death shall stay me.
CAS. How now? What's the matter?

POET. For shame, you generals! What do you mean?
Love, and be friends, as two such men should be;
For I have seen more years, I'm sure, than ye.

CAS. Ha, ha! how vildly doth this cynic rhyme!
BRU. Get you hence, sirrah! Saucy fellow, hence!
CAS. Bear with him, Brutus; 'tis his fashion.
BRU. I'll know his humour, when he knows his time.
What should the wars do with these jigging fools?
Companion, hence!

co, che, ove sia colpita con violenza, subito mostra una fuggevole scintilla e subito, del pari, si placa e si raffredda.

CASSIO Cassio ha vissuto dunque tanto da non essere più che ragione di divertimento e di risa per il suo Bruto, proprio quando più il dolore e l'ira, mal combinati tra loro, ne fanno strazio?

BRUTO Quando ho detto quel che ho detto, ero anch'io preda della collera.

CASSIO Lo confessi dunque anche tu. Dammi la mano.

BRUTO E anche il cuore.

CASSIO Oh, Bruto!

BRUTO Che accade?

CASSIO Non hai dunque amore abbastanza per me da sopportare quel mio cattivo carattere che ho succhiato con il latte di mia madre e che talvolta mi rende dimentico di me stesso?

BRUTO Sì, Cassio; e d'ora innanzi, quando farai qualche sfuriata al tuo Bruto, questi si penserà che a strepitare non sia nessun altro fuor che tua madre, e lascerà che ti sfoghi a tuo talento.

Entra un Poeta, seguito da LUCILIO, TITINIO e LUCIO.

POETA Lasciatemi entrare, perché debbo vedere i generali. Fra loro due dev'esser sorta una qualche lite, e non è opportuno lasciarli soli.

LUCILIO Non puoi essere ammesso alla loro presenza.

POETA Potrebbe impedirmelo soltanto la morte.

CASSIO Ebbene, che accade?

POETA Onta a voi, comandanti! che mai intendete fare?
Amici pari vostri si dovrebbero amare.
Molt'anni più d'entrambi trascorrere ho veduti,
Al modo che dimostrano i crini miei canuti!

CASSIO Ah, ah! Che orribili rime non compone questo cinico!

BRUTO Vattene via di qua, compare! vattene via, impertinente che non sei!

CASSIO Dovrai portargli pazienza, Bruto: è soltanto un suo modo di fare.

BRUTO Sopporterò i suoi sfoghi di fantasia, quand'egli saprà scegliere meglio il momento in cui farne uso. Che hanno a che fare le guerre con questi sciocchi poetastri? Vattene via, compare!

CAS. Away, away, be gone! [*Exit Poet.*

BRU. Lucilius and Titinius, bid the commanders
Prepare to lodge their companies to-night.

CAS. And come yourselves, and bring Messala with you
Immediately to us. [*Exeunt Lucilius and Titinius.*

BRU. Lucius, a bowl of wine. [*Exit Lucius.*

CAS. I did not think you could have been so angry.

BRU. O Cassius, I am sick of many griefs.

CAS. Of your philosophy you make no use,
If you give place to accidental evils.

BRU. No man bears sorrow better. Portia is dead.

CAS. Ha? Portia?

BRU. She is dead.

CAS. How 'scap'd I killing, when I cross'd you so?
O insupportable and touching loss!
Upon what sickness?

BRU. Impatient of my absence,
And grief that young Octavius with Mark Antony
Have made themselves so strong; for with her death
That tidings came. With this she fell distract,
And, her attendants absent, swallow'd fire.

CAS. And died so?

BRU. Even so.

CAS. O ye immortal gods!

Enter Boy [LUCIUS] with wine and tapers.

BRU. Speak no more of her. Give me a bowl of wine.
In this I bury all unkindness, Cassius. [*Drinks.*]

CAS. My heart is thirsty for that noble pledge.
Fill, Lucius, till the wine o'erswell the cup.
I cannot drink too much of Brutus' love. [*Exit Lucius.*

Enter TITINIUS and MESSALA.

CASSIO Vattene via, vattene via! [*Exit il Poeta.*

BRUTO Lucilio e Titinio, ordinate ai comandanti di preparare di che possano accamparsi le truppe stanotte.

CASSIO E poi venite, facendovi accompagnare anche da Messala, senza frapporre alcun altro indugio.

[*Exeunt Lucilio e Titinio.*

BRUTO Lucio, una coppa di vino. [*Exit Lucio.*

CASSIO Non avrei mai creduto che saresti stato capace di infuriarti tanto.

BRUTO O Cassio, sono ammalato di molti mali.

CASSIO Se ti arrendi così a codeste noie occasionali, vuol dire che non sai fare alcun uso della tua filosofia.

BRUTO Nessuno sa sopportare il dolore meglio di me. Portia è morta.

CASSIO Ah! Portia?

BRUTO È morta.

CASSIO E come ho potuto evitare di rimanere ucciso, quando ti ho contrariato come dianzi? O perdita intollerabile e straziante! E di quale malattia è morta?

BRUTO Non potendo più sopportare oltre la mia lontananza, sconfortata dalla crescente potenza del giovane Ottaviano e di Marc'Antonio – e, difatto, insieme a quella della sua morte, mi furono portate notizie che riguardavano anche costoro – essa ha smarrito il senno e, profittando dell'assenza delle sue ancelle, ha inghiottito del fuoco.

CASSIO È morta così?

BRUTO Proprio così.

CASSIO O dèi immortali!

Entra LUCIO con del vino e delle candele.

BRUTO Non parliamo più di lei. Dammi una coppa di vino. In questa io seppellisco, o Cassio, ogni mio rancore. [*Beve*]

CASSIO Il mio cuore è assetato di codesto tuo nobile brindisi. Riempi, o Lucio, la mia coppa fino a che il vino ne trabocchi. Non riuscirò mai a bere troppo dell'amore di Bruto.

[*Beve. Exit Lucio.*

Entrano TITINIO e MESSALA.

BRU. Come in, Titinius. Welcome, good Messala.
Now sit we close about this taper here,
And call in question our necessities.
CAS. Portia, art thou gone?
BRU. No more, I pray you.
Messala, I have here received letters,
That young Octavius and Mark Antony
Come down upon us with a mighty power,
Bending their expedition toward Philippi.
MES. Myself have letters of the self-same tenor.
BRU. With what addition?
MES. That by proscription and bills of outlawry
Octavius, Antony, and Lepidus
Have put to death an hundred senators.
BRU. Therein our letters do not well agree.
Mine speak of seventy senators that died
By their proscriptions, Cicero being one.
CAS. Cicero one?
MES. Cicero is dead,
And by that order of proscription.
[Had you your letters from your wife, my lord?
BRU. No, Messala.
MES. Nor nothing in your letters writ of her?
BRU. Nothing, Messala.
MES. That, methinks, is strange.
BRU. Why ask you? Hear you aught of her in yours?
MES. No, my lord.
BRU. Now as you are a Roman, tell me true.
MES. Then like a Roman bear the truth I tell;
For certain she is dead, and by strange manner.
BRU. Why, farewell, Portia. We must die, Messala.
With meditating that she must die once,
I have the patience to endure it now.
MES. Even so great men great losses should endure.
CAS. I have as much of this in art as you,

BRUTO Vieni pure, Titinio. Benvenuto, buon Messala. Sediamoci intorno a questo lume e discutiamo sul da farsi.

CASSIO Portia, sei davvero scomparsa?

BRUTO Non più, te ne prego. Messala, ho ricevuto di recente notizia che il giovane Ottaviano e Marc'Antonio son scesi in campo contro di noi con un potente esercito, e che si son messi in marcia a gran giornate verso Filippi.

MESSALA Anch'io ho ricevuto lettere dello stesso tenore.

BRUTO E vi si contiene anche qualche altra notizia?

MESSALA Vi si dice che, col mezzo di leggi speciali, Ottaviano, Antonio e Lepido hanno messo a morte un centinaio di Senatori.

BRUTO Quanto a questo, le nostre lettere non concordano. Le mie parlano di un settanta Senatori che morirono a seguito delle nuove leggi, e fra questi v'è anche Cicerone.

CASSIO Anche Cicerone?

MESSALA Cicerone, infatti, è morto; e a seguito di quelle medesime leggi. Avete ricevuto lettere anche da vostra moglie, mio signore?

BRUTO No, Messala.

MESSALA Né alcuna notizia di lei nelle altre lettere?

BRUTO No, Messala.[2]

MESSALA Tutto questo mi sembra piuttosto strano.

BRUTO E perché me lo chiedi? c'è forse qualche notizia di lei, nelle tue lettere?

MESSALA No, mio signore.

BRUTO Ed ora: come è vero che sei un romano, dimmi la verità.

MESSALA E allora, simile a un romano, dovete sopportare la verità che vi dico: perché ormai non c'è più dubbio alcuno ch'ella sia morta e in modo strano.

BRUTO Addio, Portia! Dobbiamo morire tutti, Messala. Riflettendo sul fatto che ella sarebbe dovuta morire, o prima o poi, ecco, io riesco a metter da parte la forza per sopportarne ora la notizia.

MESSALA È così che i grandi uomini dovrebbero sopportare le grandi perdite da cui sono afflitti.

CASSIO M'ero pensato d'avere la stessa forza morale che hai

[2] Cfr. Nota introd., p. 7.

[But yet my nature could not bear it so.]

BRU. Well, to our work alive. What do you think
Of marching to Philippi presently?

CAS. I do not think it good.

BRU. Your reason?

CAS. This it is:
'Tis better that the enemy seek us;
So shall he waste his means, weary his soldiers,
Doing himself offence, whilst we, lying still,
Are full of rest, defence, and nimbleness.

BRU. Good reasons must of force give place to better.
The people 'twixt Philippi and this ground
Do stand but in a forc'd affection;
For they have grudg'd us contribution.
The enemy, marching along by them,
By them shall make a fuller number up,
Come on refresh'd, new-added, and encourag'd;
From which advantage shall we cut him off
If at Philippi we do face him there,
These people at our back.

CAS. Hear me, good brother.

BRU. Under your pardon. You must note beside
That we have tried the utmost of our friends,
Our legions are brim-full, our cause is ripe.
The enemy increaseth every day;
We, at the height, are ready to decline.
There is a tide in the affairs of men,
Which, taken at the flood, leads on to fortune;
Omitted, all the voyage of their life
Is bound in shallows and in miseries.
On such a full sea are we now afloat,
And we must take the current when it serves,
Or lose our ventures.

CAS. Then, with your will, go on;
We'll along ourselves, and meet them at Philippi.

BRU. The deep of night is crept upon our talk,
And nature must obey necessity,

tu, e tuttavia son sicuro che la mia natura non riuscirebbe a sopportare questo male come tu lo sopporti.

BRUTO Torniamo dunque alla nostra opera di persone vive. Credete che sia opportuno muovere subito in marcia alla volta di Filippi?

CASSIO Non credo che sia cosa fatta bene.

BRUTO E la ragione?

CASSIO La ragione è questa: è meglio che sia il nemico a cercarci, perché in tal modo egli consumerà le proprie forze, e stancherà i suoi soldati danneggiando sé medesimo. Mentre che noi, se restiamo qui fermi, saremo riposati, freschi, alacri, e capaci di difenderci meglio.

BRUTO Le buone ragioni hanno a cedere per forza alle ragioni migliori. Bisogna tener conto del fatto che le popolazioni delle contrade tra Filippi e il luogo dove ci troviamo provano per noi soltanto una specie di amore forzato, e di fatto ci hanno lesinato i loro aiuti. Il nemico, attraversando in marcia il loro paese, non potrà fare a meno di rafforzarsi con l'immissione, nei suoi ranghi, di un nuovo contingente di uomini tratto di loro, e arriverà più fresco ed anche aumentato di numero, e fatto ardito, e rinfrancato da questa trasfusione di sangue novello. Mentre che se noi lo affrontiamo a Filippi, essendoci lasciati alle spalle questa gente malfida, lo priviamo di tutti i vantaggi che ho detto.

CASSIO Lasciami dire una parola, buon fratello.

BRUTO No, devi perdonarmi. Dovrete inoltre riportare alla mente che noi non abbiamo ancora messo a prova i nostri amici fino al limite ultimo; che le nostre legioni sono al completo e che la nostra causa è ormai diventata matura. Il nemico aumenta di numero ogni giorno, mentre noi, giunti come siamo al sommo delle nostre fortune, possiamo cominciare da un momento all'altro a declinare. Nelle cose umane si risentono, come negli oceani, gli effetti della marea, che se noi la cogliamo al flusso, può portare al successo, e che se invece venga trascurata, il viaggio della vita si arena tra banchi di sabbia e miserie. Noi siamo ora su questo libero mare e dobbiamo seguirne la corrente per quant'essa è propizia, o rassegnarci a perdere tutto il nostro carico.

CASSIO E allora, andiamo pure avanti come vuoi tu. Ci muoveremo per primi e li incontreremo a Filippi.

BRUTO La notte profonda ci ha sorpreso in mezzo alla nostra discussione, ed è forza che la natura obbedisca alla nostra neces-

Which we will niggard with a little rest.
There is no more to say?
CAS. No more. Good night.
Early to-morrow will we rise, and hence.
BRU. Lucius!

Enter LUCIUS.

My gown. [*Exit Lucius.*
Farewell, good Messala.
Good night, Titinius. Noble, noble Cassius,
Good night, and good repose.
CAS. O my dear brother,
This was an ill beginning of the night.
Never come such division 'tween our souls!
Let it not, Brutus.

Enter LUCIUS, with the gown.

BRU. Every thing is well.
CAS. Good night, my lord.
BRU. Good night, good brother.
TIT., MES. Good night, Lord Brutus.
BRU. Farewell, every one.
Exeunt [*Cassius, Titinius, and Messala*].
Give me the gown. Where is thy instrument?
LUC. Here in the tent.
BRU. What, thou speak'st drowsily?
Poor knave, I blame thee not; thou art o'er-watch'd.
Call Claudius and some other of my men;
I'll have them sleep on cushions in my tent.
LUC. Varro and Claudius!

Enter VARRO and CLAUDIUS.

VAR. Calls my lord?
BRU. I pray you, sirs, lie in my tent and sleep.
It may be I shall raise you by and by
On business to my brother Cassius.
VAR. So please you, we will stand and watch your pleasure.
BRU. I will not have it so; lie down, good sirs;
It may be I shall otherwise bethink me.

sità, cui daremo soddisfazione in modo parco con un breve riposo. C'è qualcos'altro da dire?

CASSIO Nient'altro. Buona notte. Domani mattina ci leveremo per tempo e ci metteremo in cammino.

BRUTO Lucio!

Entra LUCIO.

La mia vestaglia! [*Exit Lucio.*] Addio, buon Messala. Buona notte, Titinio. Nobile, oh, nobile Cassio, buona notte e buon riposo.

CASSIO Caro fratello mio, la notte era cominciata male. Un dissidio pari a quello non venga a interporsi più mai tra i nostri spiriti! Mai più, Bruto!

Entra LUCIO con la vestaglia.

BRUTO Tutto si mette al bene.

CASSIO Buona notte, amico.

BRUTO Buona notte, caro fratello.

TITINIO e MESSALA Buona notte, nobile Bruto.

BRUTO Buona notte a tutti.

[*Exeunt Cassio, Titinio e Messala.*

Dammi la vestaglia. Dov'è il tuo strumento?

LUCIO È qui, nella tenda.

BRUTO Perché parli con quella voce di sonno? Povero fanciullo, non posso davvero biasimarti. Hai vegliato fino a troppo tardi. Chiama Claudio o qualcun altro dei miei uomini, ché li farò dormire su dei guanciali nella mia tenda.

LUCIO Varrone! Claudio!

Entrano VARRONE e CLAUDIO.

VARRONE È il mio signore che chiama?

BRUTO Di grazia, signori, venite a dormire nella mia tenda. Può anche darsi che vi faccia ridestare tra non molto, per portare una imbasciata al fratello mio Cassio.

VARRONE Se non vi dispiaccia, resteremo in piedi, in attesa dei vostri ordini.

BRUTO No, non voglio. Coricatevi e dormite. Potrebbe anche darsi che decida altrimenti.

VARRO and CLAUDIUS lie down.

Look, Lucius, here's the book I sought for so;
I put it in the pocket of my gown.
  LUC. I was sure your lordship did not give it me.
  BRU. Bear with me, good boy, I am much forgetful.
Canst thou hold up thy heavy eyes awhile,
And touch thy instrument a strain or two?
  LUC. Ay, my lord, an't please you.
  BRU. It does, my boy.
I trouble thee too much, but thou art willing.
  LUC. It is my duty, sir.
  BRU. I should not urge thy duty past thy might;
I know young bloods look for a time of rest.
  LUC. I have slept, my lord, already.
  BRU. It was well done, and thou shalt sleep again;
I will not hold thee long. If I do live,
I will be good to thee.

Music, and a Song.

This is a sleepy tune: O murd'rous slumber!
Layest thou thy leaden mace upon my boy,
That plays thee music? Gentle knave, good night;
I will not do thee so much wrong to wake thee.
If thou dost nod, thou break'st thy instrument;
I'll take it from thee; and, good boy, good night.
Let me see, let me see; is not the leaf turn'd down
Where I left reading? Here it is, I think.

Enter the Ghost of CÆSAR.

How ill this taper burns! Ha! who comes here?
I think it is the weakness of mine eyes
That shapes this monstrous apparition.
It comes upon me. Art thou any thing?
Art thou some god, some angel, or some devil,
That mak'st my blood cold, and my hair to stare?
Speak to me what thou art.
  GHOST. Thy evil spirit, Brutus.

VARRONE e CLAUDIO si coricano per dormire.

Guarda, Lucio: questo è il libro che non riuscivo a trovare. Lo avevo messo nella tasca della vestaglia.

LUCIO Ero sicuro che vossignoria non me lo avesse dato.

BRUTO Abbi pazienza, buon ragazzo, sono molto distratto. Saresti buono a tenere aperti gli occhi ancora un poco, e ad improvvisare sul tuo strumento un qualche accordo?

LUCIO Sì, mio signore, come a voi più piace.

BRUTO Mi piace, infatti; fanciullo, io ti infastidisco troppo ma tu sei pieno di buona volontà.

LUCIO È il mio dovere, signore.

BRUTO Non dovrei reclamare da te il tuo dovere, a quest'ora della notte. So bene che il sangue giovane ha bisogno di riposo.

LUCIO Ma io ho già dormito, mio signore.

BRUTO Hai fatto bene, e tornerai di nuovo a dormire, perché io non ti voglio trattenere troppo. Se vivo, ti farò del bene.

Musica e una canzone.

Questa melodia induce al sonno. O sonno apportatore di morte! Colpisci della tua mazza di piombo anche il mio povero fanciullo che ti suona della musica? Buona notte, fanciullo gentile. Non ti farò davvero il torto di ridestarti. Se, mentre dormi, ti lasci cadere il capo, potresti rompere il tuo strumento; epperò te lo tolgo di mano. Buona notte, mio caro fanciullo; vediamo, vediamo. [*Siede a leggere.*] Non avevo forse piegato il foglio nel punto in cui dovetti interrompere la lettura? Ecco, se vedo giusto, il segno. Come arde malamente questo cero.

Entra lo Spettro di Cesare.

Chi è là? Credo che sia la debolezza dei miei occhi a prestar forma a questa apparizione. Viene verso di me. Sei qualche cosa? Sei un qualche dio, un qualche angelo o un qualche demonio, che mi fa gelare il sangue e drizzare i capelli? Dimmi chi sei!

SPETTRO Sono il tuo cattivo genio, Bruto.

BRU. Why com'st thou?

GHOST. To tell thee thou shalt see me at Philippi.

BRU. Well; then I shall see thee again?

GHOST. Ay, at Philippi.

BRU. Why, I will see thee at Philippi then. [*Exit Ghost.*
Now I have taken heart thou vanishest.
Ill spirit, I would hold more talk with thee.
Buy! Lucius! Varro! Claudius! Sirs, awake!
Claudius!

LUC. The strings, my lord, are false.

BRU. He thinks he still is at his instrument.
Lucius, awake!

LUC. My lord?

BRU. Didst thou dream, Lucius, that thou so criedst out?

LUC. My lord, I do not know that I did cry.

BRU. Yes, that thou didst. Didst see anything?

LUC. Nothing, my lord.

BRU. Sleep again, Lucius. Sirrah Claudius!
Fellow thou, awake!

VAR. My lord?

CLAU. My lord?

BRU. Why did you so cry out, sirs, in your sleep?

BOTH. Did we, my lord?

BRU. Ay. Saw you any thing?

VAR. No, my lord, I saw nothing.

CLAU. Nor I, my lord.

BRU. Go and commend me to my brother Cassius.
Bid him set on his powers betimes before,
And we will follow.

BOTH. It shall be done, my lord. [*Exeunt.*

BRUTO E perché sei venuto?

SPETTRO Per dirti che ci rivedremo a Filippi.

BRUTO Ti rivedrò dunque ancora una volta?

SPETTRO Sì, a Filippi.

BRUTO Ebbene, sia pure: ti rivedrò a Filippi.

[*Exit lo Spettro.*

Ora che lo spirito è rinfrancato, tu vanisci. O spirito maligno, vorrei conversare ancora teco. Fanciullo! Lucio! Varrone! Claudio! Signori miei, svegliatevi tutti!

LUCIO Le corde sono stonate, signore.

BRUTO Egli crede di essere ancora intento a suonare il suo strumento. Svégliati, Lucio.

LUCIO Mio signore!

BRUTO Stavi forse sognando, Lucio, che ti sei messo a gridare tanto alto?

LUCIO Non sapevo, signor mio, d'aver gridato.

BRUTO Sì, hai gridato. Hai visto qualcosa?

LUCIO Non ho visto nulla, signore.

BRUTO E allora torna a dormire, Lucio. Ehilà, Claudio, ehi, svégliati!

VARRONE Mio signore!

CLAUDIO Mio signore!

BRUTO Perché avete gridato così forte, nel sonno?

ENTRAMBI Abbiamo gridato, signore?

BRUTO Sì; avete visto nulla?

VARRONE No, mio signore, non ho visto nulla.

CLAUDIO Neppur io, signore.

BRUTO Andate e porgete il mio saluto a mio fratello Cassio. Ditegli di preparare le sue truppe domattina per tempo, e di mettersi pure in marcia, che noi lo seguiremo.

ENTRAMBI Sarà fatto, mio signore. [*Exeunt.*

ACT V

SCENE I

[The Plains of Philippi.]

Enter OCTAVIUS, ANTONY, and their Army.

OCT. Now, Antony, our hopes are answered.
You said the enemy would not come down,
But keep the hills and upper regions.
It proves not so; their battles are at hand;
They mean to warn us at Philippi here,
Answering before we do demand of them.
ANT. Tut, I am in their bosoms, and I know
Wherefore they do it. They could be content
To visit other places, and come down
With fearful bravery, thinking by this face
To fasten in our thoughts that they have courage;
But 'tis not so.

Enter a Messenger.

MESS. Prepare you, generals.
The enemy comes on in gallant show;
Their bloody sign of battle is hung out,
And something to be done immediately.
ANT. Octavius, lead your battle softly on
Upon the left hand of the even field.
OCT. Upon the right hand I. Keep thou the left.
ANT. Why do you cross me in this exigent?
OCT. I do not cross you; but I will do so. [*March.*]

ATTO QUINTO

SCENA PRIMA

La pianura di Filippi.

Entrano OTTAVIANO, ANTONIO e il loro esercito.

OTTAVIANO Ebbene, Antonio, le nostre speranze si sono avverate. Già dicesti che il nemico non sarebbe sceso ma che avrebbe tenuto le colline e le parti più alte del monte. Ma non è stato così. Il loro esercito è vicino, ed intendono invitarci a battaglia proprio qui, a Filippi, rispondendo a noi prim'ancora che la battaglia da noi venga loro offerta.

ANTONIO Ahimè, ch'io sono nei loro cuori e so perché si comportano a questo modo. Sarebbero felici di poter andare altrove, e calano invece con un coraggio pieno di paura, pensandosi con questa parata di farci credere che sono audaci. Ma non è così.

Entra un Messaggero.

MESSAGGERO Preparatevi, o generali. Il nemico se ne viene facendo mostra d'ogni baldanza. La loro cruenta insegna di battaglia è spiegata al vento. E bisogna far subito qualcosa.

ANTONIO Ottaviano, tu farai avanzare in silenzio le schiere lungo il lato sinistro di questa pianura.

OTTAVIANO Io avanzerò sulla destra; la sinistra la terrai tu.

ANTONIO Perché mi vuoi contrariare proprio ora?

OTTAVIANO Non è per contrariarti; ma farò come ho detto. [*Marcia.*]

Drum. Enter BRUTUS, CASSIUS, and their Army;
[LUCILIUS, TITINIUS, MESSALA, and others.]

BRU. They stand, and would have parley.
CAS. Stand fast, Titinius; we must out and talk.
OCT. Mark Antony, shall we give sign of battle?
ANT. No, Cæsar, we will answer on their charge.
Make forth; the generals would have some words.
OCT. Stir not until the signal.
BRU. Words before blows: is it so, countrymen?
OCT. Not that we love words better, as you do.
BRU. Good words are better than bad strokes, Octavius.
ANT. In your bad strokes, Brutus, you give good words;
Witness the hole you made in Cæsar's heart,
Crying, "Long live! hail, Cæsar!"
CAS. Antony,
The posture of your blows are yet unknown;
But for your words, they rob the Hybla bees,
And leave them honeyless.
ANT. Not stingless too.
BRU. O yes, and soundless too;
For you have stol'n their buzzing, Antony,
And very wisely threat before you sting.
ANT. Villains! you did not so when your vile daggers
Hack'd one another in the sides of Cæsar:
You show'd your teeth like apes, and fawn'd like hounds,
And bow'd like bondmen, kissing Cæsar's feet;
Whilst damned Casca, like a cur, behind
Struck Cæsar on the neck. O you flatterers!
CAS. Flatterers? Now, Brutus, thank yourself.
This tongue had not offended so to-day,
If Cassius might have rul'd.
OCT. Come, come, the cause. If arguing make us sweat,
The proof of it will turn to redder drops.
Look,
I draw a sword against conspirators.
When think you that the sword goes up again?

Tamburo. Entrano BRUTO, CASSIO e il loro esercito, LUCILIO, TITINIO, MESSALA ed altri.

BRUTO Si sono fermati e vorrebbero parlamentare.

CASSIO Titinio, ferma i soldati. Dobbiamo uscire dai ranghi e parlare.

OTTAVIANO Marc'Antonio, vogliamo dare il segnale di battaglia?

ANTONIO No, Cesare, risponderemo al loro assalto. Ma facciamoci avanti, perché i generali hanno l'aria di voler parlamentare con noi.

OTTAVIANO Non muovetevi, prima del segnale.

BRUTO Parole prima dei colpi: non è così, concittadini?

OTTAVIANO Non è a dire che noi, come voi, preferiamo le parole.

BRUTO Le buone parole sono migliori che i cattivi colpi, Ottaviano.

ANTONIO Quando meni i tuoi cattivi colpi, o Bruto, tu pronunzi pure delle belle parole, come ne rende testimonianza lo squarcio che facesti in mezzo al cuore di Cesare mentre «Lunga vita e ogni salute a Cesare!» gridavi!

CASSIO Antonio, la natura dei tuoi colpi è ancora da conoscersi, ma quanto alle tue parole, par ch'esse derubino le api dell'Ibla e che le lascino senza più miele.

ANTONIO Ma non senza pungiglione.

BRUTO Oh sì, e le lasciano anche senza voce, perché hai rubato loro perfino il ronzio, Antonio, e minacci molto accortamente, ancor prima di pungere.

ANTONIO Furfanti, non faceste così quando i vostri pugnali codardi presero a cozzare l'uno dietro l'altro dentro i fianchi di Cesare. Mostravate i denti come scimmie e strisciavate come dei cani e chinavate la schiena come dei servi, baciando i piedi di Cesare, mentre Casca maledetto, come un bòtolo, colpì Cesare alle spalle, in cima al collo. Adulatori!

CASSIO Adulatori? Ora, Bruto, tocca a te ringraziarti da te; questa lingua non avrebbe offeso così, quest'oggi, se Cassio avesse avuto lui il comando.

OTTAVIANO Orbene, veniamo ai fatti. Se il discutere ci fa sudare, la prova delle armi renderà queste gocce un po' più rosse. Guardate: io traggo la spada contro i congiurati. Quando credete che questa spada potrà essere rinfoderata? Essa non lo sarà

Never, till Cæsar's three and thirty wounds
Be well aveng'd; or till another Cæsar
Have added slaughter to the sword of traitors.
BRU. Cæsar, thou canst not die by traitors' hands,
Unless thou bring'st them with thee.
OCT. So I hope.
I was not born to die on Brutus' sword.
BRU. O, if thou wert the noblest of thy strain,
Young man, thou could'st not die more honourable.
CAS. A peevish school-boy, worthless of such honour,
Join'd with a masker and a reveller.
ANT. Old Cassius still!
OCT. Come, Antony; away!
Defiance, traitors, hurl we in your teeth.
If you dare fight to-day, come to the field;
If not, when you have stomachs.
[*Exeunt Octavius, Antony, and Army.*
CAS. Why now, blow wind, swell billow, and swim bark!
The storm is up, and all is on the hazard.
BRU. Ho, Lucilius, hark, a word with you.
LUCIL. [*Standing forth.*] My lord?
[*Brutus and Lucilius talk apart.*]
CAS. Messala.
MES. [*Standing forth.*] What says my general?
CAS. Messala,
This is my birth-day; as this very day
Was Cassius born. Give me thy hand, Messala:
Be thou my witness that against my will
(As Pompey was) am I compell'd to set
Upon one battle all our liberties.
You know that I held Epicurus strong,
And his opinion; now I change my mind,
And partly credit things that do presage.
Coming from Sardis, on our former ensign
Two mighty eagles fell, and there they perch'd,
Gorging and feeding from our soldiers' hands,
Who to Philippi here consorted us.
This morning are they fled away and gone,
And in their steads do ravens, crows, and kites
Fly o'er our heads, and downward look on us,

fino a quando tutte e trentatré le ferite di Cesare non siano state vendicate, o fino a che un altro Cesare non avrà aggiunto altro massacro alla spada dei traditori.

BRUTO Cesare, tu non puoi morire per mano di traditori, a meno che non li porti con te.

OTTAVIANO Così spero: io non sono nato a morire per la spada di Bruto.

BRUTO Anche se tu fossi il più nobile della tua stirpe, giovinetto, non potresti fare una morte più onorata.

CASSIO È uno scolaretto impertinente e ostinato, affatto indegno di quell'onore, che s'è unito in consorteria con un dissoluto crapulone.

ANTONIO Sempre il vecchio Cassio.

OTTAVIANO Suvvia, Antonio, andiamo! Traditori, vi gettiamo in faccia la sfida: se avete il coraggio di combattere quest'oggi scendete pure in campo, o altrimenti scendete pure quando ne avrete il fegato. [*Exeunt Ottaviano, Antonio e il loro esercito.*

CASSIO Ebbene, soffia pure, o vento, gonfiati pure, o frangente, e galleggia, o nave! La tempesta è scatenata, e ogni cosa è messa a rischio.

BRUTO Ehi, Lucilio! Ascolta: debbo dirti una parola.

LUCILIO Mio signore! [*Si traggono in disparte per parlare.*]

CASSIO Messala!

MESSALA [*Venendo avanti sulla scena.*] Che dice il mio generale?

CASSIO Messala, questo è il giorno della mia nascita. Cassio è nato proprio quest'oggi. Dammi la mano, Messala, e siimi tu testimone che, mio malgrado, come già accadde a Pompeo, son costretto ad affidare a un'unica battaglia il rischio di tutte le nostre libertà. Tu sai quanto io fossi un buon seguace di Epicuro e della sua filosofia. Ma ora sono costretto a mutar consiglio, e in parte a prestare fede a cose che presagiscono il futuro. Mentre venivo da Sardi, due grandi aquile calarono a posarsi sui nostri vessilli e di là presero a cibarsi inghiottendo il mangime dalle mani dei nostri soldati e ci hanno accompagnati fino a Filippi. Ma quest'oggi son volate via, e sono scomparse, e al loro luogo volano sulle nostre teste cornacchie e corvi e falchi, riguardando già

As we were sickly prey; their shadows seem
A canopy most fatal, under which
Our army lies, ready to give up the ghost.

MES. Believe not so.

CAS. I but believe it partly,
For I am fresh of spirit, and resolv'd
To meet all perils very constantly.

BRU. Even so, Lucilius.

CAS. Now, most noble Brutus,
The gods to-day stand friendly, that we may,
Lovers in peace, lead on our days to age!
But since the affairs of men rests still incertain,
Let's reason with the worst that may befall.
If we do lose this battle, then is this
The very last time we shall speak together:
What are you then determined to do?

BRU. Even by the rule of that philosophy
By which I did blame Cato for the death
Which he did give himself, I know not how,
But I do find it cowardly and vile,
For fear of what might fall, so to prevent
The time of life, arming myself with patience
To stay the providence of some high powers
That govern us below.

CAS. Then, if we lose this battle,
You are contented to be led in triumph
Thorough the streets of Rome?

BRU. No, Cassius, no: think not, thou noble Roman,
That ever Brutus will go bound to Rome;
He bears too great a mind. But this same day
Must end that work the ides of March begun;
And whether we shall meet again I know not.
Therefore our everlasting farewell take.
For ever, and for ever, farewell, Cassius.
If we do meet again, why, we shall smile;
If not, why then this parting was well made.

CAS. For ever, and for ever, farewell, Brutus.
If we do meet again, we'll smile indeed;
If not, 'tis true this parting was well made.

BRU. Why then, lead on. O, that a man might know

verso di noi come se fossimo prede ammalate e in punto di morte. Le ombre loro sono come un funesto baldacchino sotto il quale si giace il nostro esercito, pronto a render lo spirito.

MESSALA Non dovete credere a nulla di tutto questo.

CASSIO E di fatto io vi credo soltanto in parte, perché il mio spirito è ancor fresco, e risoluto ad affrontare con grande fermezza ogni sorta di pericolo.

BRUTO Per l'appunto, Lucilio. [*Si volge a Cassio.*]

CASSIO Ed ora, nobilissimo Bruto, che gli dèi ci siano propizii quest'oggi, così che possiamo trascorrere i nostri giorni da buoni amici e in tutta pace fino alla vecchiaia! Ma dal momento che le umane vicende sono ancora incerte, sarà bene considerare anche il peggio in che potremo imbatterci. Se perdiamo la battaglia, sarà questa l'ultima volta che potremo parlare insieme: che cosa hai dunque deciso di fare?

BRUTO Ho deciso di agire secondo i princìpi di quella filosofia per la quale già condannai in Catone la morte che egli diede a se medesimo. Non so come e perché, ma trovo che sia vile e codardo il prevenire a quel modo il termine della propria vita, soltanto per timore di quel che può accadere. E pertanto vorrò armarmi di pazienza e sottomettermi alla legge di qualsiasi alto potere che quaggiù ci governa.

CASSIO E allora, se perdiamo questa battaglia, ti terrai per soddisfatto d'esser trascinato in trionfo per le strade di Roma.

BRUTO No, Cassio, non devi pensare, o nobile romano, che Bruto entrerà mai a Roma in ceppi: ha uno spirito troppo grande. Ma questo giorno è fatto per concludere l'opera iniziata dalle idi di marzo; e se ci ritroveremo ancora, io e te, non lo so proprio. E quindi prendiamo il nostro eterno congedo; per sempre e per sempre addio, Cassio: se ci rincontreremo, avremo il sorriso sulle labbra. Altrimenti, dovremo riconoscere che questo congedo fu fatto a ragione.

CASSIO Per sempre e per sempre salute a te, Bruto! Se ci rincontreremo, non c'è dubbio che sorrideremo. Altrimenti, riconosco anch'io che questo congedo fu tolto a ragione.

BRUTO Orbene, procediamo innanzi. Oh, se potessimo cono-

The end of this day's business ere it come!
But it sufficeth that the day will end,
And then the end is known. Come, ho? away! [*Exeunt.*

SCENE II

[The Same. The Field of Battle.]

Alarum. Enter BRUTUS and MESSALA.

BRU. Ride, ride, Messala, ride, and give these bills
Unto the legions on the other side. [*Loud alarum.*]
Let them set on at once, for I perceive
But cold demeanour in Octavius' wing,
And sudden push gives them the overthrow.
Ride, ride, Messala; let them all come down. [*Exeunt.*

SCENE III

[Another Part of the Field.]

Alarums. Enter CASSIUS and TITINIUS.

CAS. O, look, Titinius, look, the villains fly.
Myself have to mine own turn'd enemy:
This ensign here of mine was turning back;
I slew the coward, and did take it from him.
TIT. O Cassius, Brutus gave the word too early,
Who, having some advantage on Octavius,
Took it too eagerly; his soldiers fell to spoil,
Whilst we by Antony are all enclos'd.

Enter PINDARUS.

PIN. Fly further off, my lord, fly further off!
Mark Antony is in your tents, my lord.
Fly, therefore, noble Cassius, fly far off!
CAS. This hill is far enough. Look, look, Titinius!
Are those my tents where I perceive the fire?

scere la conclusione di questo giorno innanzi che si dia! Ma sarà sufficiente che il giorno finisca, e la sua conclusione si farà conoscere a forza! Venite, ehilà, avanti! [*Exeunt.*

SCENA II

Il campo di battaglia.

Allarme. Entrano BRUTO e MESSALA.

BRUTO A cavallo, Messala, presto, e al galoppo! e consegna questi ordini alle legioni che si trovano dall'altro lato. [*Allarme poderoso.*] Che avanzino senza indugio, poiché mi sembra di indovinare una qualche fiacchezza nell'ala di Ottaviano, e basterebbe anche un breve ma subito impeto e sbaragliarli. A cavallo, Messala, e fa in modo che scendano tutti. [*Exeunt.*

SCENA III

Altra parte del campo.

Allarme. Entrano CASSIO e TITINIO.

CASSIO Guarda, Titinio, guarda come fuggono i ribaldi! Io stesso son diventato nemico ai miei! questo mio alfiere s'era dato alla fuga: ho ucciso il vigliacco e gli ho tolto l'insegna.

TITINIO O Cassio, Bruto ha dato l'ordine un po' troppo presto e, pur avendo riportato qualche vantaggio su Ottaviano, lo ha sfruttato con impeto eccessivo; i suoi soldati si sono dati al saccheggio, nel mentre che noi siamo ancora tutti circondati da Antonio.

Entra PINDARO.

PINDARO Fuggite, signore, fuggite! fuggite più lontano che potete! Marc'Antonio si trova in mezzo alle vostre tende, e quindi fuggite, o nobile Cassio, fuggite il più lontano possibile!

CASSIO Quell'altura è abbastanza lontana. Guarda, guarda, Titinio: le tende dalle quali vedo levarsi quel fuoco son forse le mie?

TIT. They are, my lord.

CAS. Titinius, if thou lov'st me,
Mount thou my horse, and hide thy spurs in him,
Till he have brought thee up to yonder troops
And here again, that I may rest assur'd
Whether yond troops are friend or enemy.

TIT. I will be here again, even with a thought. [*Exit.*

CAS. Go, Pindarus, get higher on that hill;
My sight was ever thick. Regard Titinius,
And tell me what thou not'st about the field.

[*Exit Pindarus.*

This day I breathed first. Time is come round,
And where I did begin, there shall I end.
My life is run his compass. Sirrah, what news?

PIN. [*Above.*] O my lord!

CAS. What news?

PIN. Titinius is enclosed round about
With horsemen, that make to him on the spur,
Yet he spurs on. Now they are almost on him.
Now, Titinius! now some light. O, he lights too!
He's ta'en! [*Shout.*
And, hark! they shout for joy.

CAS. Come down; behold no more.
O, coward that I am, to live so long,
To see my best friend ta'en before my face!

Enter PINDARUS [from above].

Come hither, sirrah.
In Parthia did I take thee prisoner;
And then I swore thee, saving of thy life,
That whatsoever I did bid thee do,
Thou shouldst attempt it. Come now, keep thine oath.
Now be a freeman; and with this good sword,
That ran through Cæsar's bowels, search this bosom.
Stand not to answer. Here, take thou the hilts,
And when my face is cover'd, as 'tis now,
Guide thou the sword.—Cæsar, thou art reveng'd,
Even with the sword that kill'd thee. [*Dies.*]

PIN. So, I am free; yet would not so have been,

TITINIO Son le vostre, signore.

CASSIO Titinio, se m'ami, balza sul mio cavallo e caccia nel suo fianco gli sproni fino a nasconderveli affatto, almeno fino a quando ti abbia portato a quelle truppe; e poi torna subito indietro per dirmi se quegli uomini son nostri o son nemici.

TITINIO Sarò di ritorno con la velocità del pensiero. [*Exit.*

CASSIO Va', Pindaro, sali in cima a quell'altura. La mia vista fu sempre piuttosto corta: osserva Titinio, e dimmi quel che vedi attorno per il campo. [*Exit Pindaro.*] Questo è il giorno in cui ho tratto il mio primo respiro. Il ciclo ha finito or ora per completarsi, e là dove ho cominciato, è forza ch'io finisca. La mia vita ha percorsa tutta intera la sua orbita. Giovanotto, quali notizie?

PINDARO [*In alto.*] O signor mio!

CASSIO Quali nuove?

PINDARO Titinio è circondato tutt'attorno da cavalieri che gli muovono incontro a briglia sciolta. Egli sprona. Gli son sopra. Orsù, Titinio! Qualcuno scende da cavallo. Scende anche lui. L'han preso. [*Grida di dentro.*] Non sentite? Son grida di gioia!

CASSIO Scendi giù, e non guardare oltre. Ah, il vigliacco che sono a vivere tanto a lungo e a vedere il mio migliore amico preso prigioniero proprio sotto i miei occhi!

Rientra PINDARO, in alto.

Vieni qua, giovanotto. Ti ho fatto prigioniero nella terra dei Parti: e là, al momento di risparmiarti la vita, ti ho fatto giurare che avresti tentato di compiere qualunque impresa che io mai ti avessi ordinata. È venuto ora il tempo di mantenere il tuo giuramento. Sii dunque un uomo libero, e con questa buona spada che passò le viscere di Cesare, fruga in questo mio petto. Non indugiare a darmi una risposta. Ecco, affèrrala per l'elsa, e quando il mio volto sarà coperto... come lo è ora, guida tu la spada...

PINDARO esegue le istruzioni di CASSIO.

Cesare! sei vendicato proprio con la stessa spada che t'uccise. [*Muore.*]

PINDARO E così sono libero; eppure non lo sarei, se avessi

Durst I have done my will. O Cassius!
Far from this country Pindarus shall run,
Where never Roman shall take note of him. [*Exit.*

Enter TITINIUS and MESSALA.

MES. It is but change, Titinius; for Octavius
Is overthrown by noble Brutus' power,
As Cassius' legions are by Antony.

TIT. These tidings will well comfort Cassius.

MES. Where did you leave him?

TIT. All disconsolate,
With Pindarus his bondman, on this hill.

MES. Is not that he that lies upon the ground?

TIT. He lies not like the living. O my heart!

MES. Is not that he?

TIT. No, this was he, Messala,
But Cassius is no more. O setting sun,
As in thy red rays thou dost sink to night,
So in his red blood Cassius' day is set.
The sun of Rome is set. Our day is gone;
Clouds, dews, and dangers come; our deeds are done.
Mistrust of my success hath done this deed.

MES. Mistrust of good success hath done this deed.
O hateful Error, Melancholy's child,
Why dost thou show to the apt thoughts of men
The things that are not? O Error, soon conceiv'd,
Thou never com'st unto a happy birth,
But kill'st the mother that engender'd thee.

TIT. What, Pindarus! Where art thou, Pindarus?

MES. Seek him, Titinius, whilst I go to meet
The noble Brutus, thrusting this report
Into his ears. I may say thrusting it;
For piercing steel and darts envenomed
Shall be as welcome to the ears of Brutus
As tidings of this sight.

TIT. Hie you, Messala,
And I will seek for Pindarus the while. [*Exit Messala.*
Why didst thou send me forth, brave Cassius?

avuto il coraggio di seguire fino in fondo la mia volontà. O Cassio, Pindaro fuggirà lontano da questo paese, in luogo dove nessun romano possa mai più accorgersi di lui. [*Exit.*

Entrano TITINIO e MESSALA.

MESSALA È soltanto un alternarsi delle sorti, Titinio; dal momento che Ottaviano è sgominato dai soldati del nobile Bruto al modo stesso che le legioni di Cassio lo sono da quelle di Antonio.

TITINIO Queste notizie conforteranno Cassio.

MESSALA Dove l'hai lasciato?

TITINIO L'ho lasciato proprio su questa altura, tutto sconsolato, insieme al suo schiavo Pindaro.

MESSALA Non è colui che giace al suolo?

TITINIO Egli giace, infatti, al suolo, ma non come cosa viva. O cuor mio!

MESSALA È lui?

TITINIO No, questi fu lui, o Messala; ma ora Cassio non è più. O sole al tramonto, così come nei tuoi raggi rossi tu sprofondi alla notte, allo stesso modo la giornata di Cassio tramonta nel suo rosso sangue. Tramontato è il sole di Roma. Finita è la nostra giornata. Nubi, piovaschi e agguati son per giungere; la nostra impresa è giunta al fine. La sfiducia nel mio successo ha compiuto questo assassinio.

MESSALA La sfiducia, infatti, nel buon successo è stata la causa di tutto. O aborrito errore, figlio della melanconia, perché mai mostri tu all'animo sensibile dell'uomo le cose che non sono? O errore, concepito in fretta, tu non pervieni mai a una nascita felice, ma uccidi la madre[1] che ti ha generato.

TITINIO Ehi, Pindaro! Dove sei, Pindaro?

MESSALA Cercalo, Titinio, mentr'io vado a cercare il nobile Bruto, per trafiggere le sue orecchie con questa notizia. E ben posso dire che io le trafigga, poiché l'acciaio più penetrante e i dardi più velenosi sarebbero i benvenuti, per Bruto, quanto la notizia di questo spettacolo lo sarà per il suo orecchio.

TITINIO Affrettati, Messala, mentr'io andrò in cerca di Pindaro. [*Exit Messala.*] Perché mi inviasti in ricognizione, o valoro-

[1] E cioè la persona ch'è preda dell'umor malinconico: Cassio.

Did I not meet thy friends, and did not they
Put on my brows this wreath of victory,
And bid me give it thee? Didst thou not hear their shouts?
Alas, thou hast misconstrued every thing.
But hold thee, take this garland on thy brow;
Thy Brutus bid me give it thee, and I
Will do his bidding. Brutus, come apace,
And see how I regarded Caius Cassius.
By your leave, gods. This is a Roman's part:
Come, Cassius' sword, and find Titinius' heart. [*Dies.*]

Alarum. Enter BRUTUS, MESSALA, YOUNG CATO, STRATO, VOLUMNIUS, and LUCILIUS

BRU. Where, where, Messala, doth his body lie?
MES. Lo, yonder, and Titinius mourning it.
BRU. Titinius' face is upward.
CATO. He is slain.
BRU. O Julius Cæsar, thou art mighty yet!
Thy spirit walks abroad, and turns our swords
In our own proper entrails. [*Low alarums.*]
CATO. Brave Titinius!
Look, where he have not crown'd dead Cassius.
BRU. Are yet two Romans living such as these?
The last of all the Romans, fare thee well!
It is impossible that ever Rome
Should breed thy fellow. Friends, I owe moe tears
To this dead man than you shall see me pay.
I shall find time, Cassius, I shall find time.
Come therefore, and to Thasos send his body.
His funerals shall not be in our camp,
Lest it discomfort us. Lucilius, come;
And come, young Cato; let us to the field.
Labeo and Flavius, set our battles on.
'Tis three a clock; and, Romans, yet ere night
We shall try fortune in a second fight. [*Exeunt.*

so Cassio? Non ho forse incontrati i tuoi amici e non han posto essi sulla mia fronte questo serto di vittoria con l'incarico di offrirlo a te? Non hai forse udito le loro grida? Ahimè, che tu intendesti a rovescio ogni cosa. Ma tieni: questa corona è per la tua fronte. Il tuo Bruto mi diè ordine di offrirtela, ed io eseguo l'ordine ricevuto. Accorri, o Bruto, e vedi come io onoro Caio Cassio. Con vostra licenza, o dèi, questa è una parte da romano. Vieni, o spada di Cassio, e trova infine il cuore di Titinio. [*Muore.*]

Allarme. Entrano BRUTO, MESSALA, il giovane CATONE, STRATONE, VOLUMNIO e LUCILIO.

BRUTO Dove giace, o Messala, dove giace il suo corpo?

MESSALA Lo vedi lì, insieme a Titinio che lo piange.

BRUTO Il volto di Titinio guarda in alto.

CATONE È stato ucciso.

BRUTO O Giulio Cesare, la tua potenza si fa sentire ancora! Il tuo spirito erra intorno, e volge le nostre spade contr'ai nostri visceri. [*Allarme in distanza.*]

CATONE Coraggioso Titinio! vedete qui com'egli ha incoronato Cassio nella morte.

BRUTO Ci sono ancora in vita due romani simili a costoro? Tu, ultimo di tutti i romani, addio, addio! È impossibile che Roma generi un altro che ti possa stare alla pari. Amici, debbo più lacrime a questo morto di quante voi non me ne vedrete pagare. Troverò il tempo, Cassio, troverò il tempo. Venite dunque, e fate in modo di trasportare questo cadavere a Taso. I suoi funerali non dovranno esser celebrati nel nostro campo, per evitare che diffondano lo sconforto. Vieni, Lucio, e vieni anche tu, giovane Catone: andiamo al campo. Labeone e Flavio muovono le loro truppe all'assalto. Sono le tre. Romani, innanzi che cali la sera, tenteremo la fortuna a una seconda battaglia. [*Exeunt.*

SCENE IV

[Another Part of the Field.]

Alarum. Enter BRUTUS, MESSALA, [YOUNG] CATO, LUCILIUS, and FLAVIUS.

BRU. Yet, countrymen, O, yet hold up your heads! [*Exit.*

CATO. What bastard doth not? Who will go with me?
I will proclaim my name about the field.
I am the son of Marcus Cato, ho!
A foe to tyrants, and my country's friend.
I am the son of Marcus Cato, ho!

Enter Soldiers, and fight.

LUCIL. And I am Brutus, Marcus Brutus, I!
Brutus, my country's friend; know me for Brutus!
O young and noble Cato, art thou down?
Why, now thou diest as bravely as Titinius,
And mayst be honour'd, being Cato's son.

1. SOLD. Yield, or thou diest.

LUCIL. Only I yield to die:
There is so much that thou wilt kill me straight:
Kill Brutus, and be honour'd in his death.

1. SOLD. We must not. A noble prisoner!

Enter ANTONY.

2. SOLD. Room, ho! Tell Antony, Brutus is ta'en.

1. SOLD. I'll tell the news. Here comes the general.
Brutus is ta'en, Brutus is ta'en, my lord.

ANT. Where is he?

LUCIL. Safe, Antony; Brutus is safe enough.
I dare assure thee that no enemy
Shall ever take alive the noble Brutus.
The gods defend him from so great a shame!
When you do find him, or alive or dead,
He will be found like Brutus, like himself.

ANT. This is not Brutus, friend; but, I assure you,
A prize no less in worth. Keep this man safe;

SCENA IV

Altra parte del campo.

Allarme. Entrano BRUTO, MESSALA, il giovane CATONE, LUCILIO e FLAVIO.

BRUTO Cittadini! tenete alte le teste. [*Exit.*

CATONE E qual bastardo non le tiene alte? Chi vuol venire con me? proclamerò a gran voce il mio nome per tutto il campo. Sono il figlio di Marco Catone, ehi! nemico dei tiranni e amico della patria! Sono il figlio di Marco Catone, ehi!

Entrano alcuni Soldati. Si combatte.

LUCILIO Ed io sono Bruto! Marco Bruto son io! Bruto, amico della patria! Riconoscetemi tutti per Bruto! O giovane e nobile Catone, sei forse caduto? Ebbene, tu muori da valoroso come Titinio, e sarai onorato come il figliuolo di Catone.

PRIMO SOLDATO Cedi le armi, o muori.

LUCILIO Cedo le armi solo per morire. Eccoti del danaro perché tu mi uccida subito. [*Offre dell'oro.*] Uccidi Bruto, e acquista onore per la sua morte.

PRIMO SOLDATO Non possiamo, è un prigioniero troppo nobile!

Entra ANTONIO.

SECONDO SOLDATO Fate largo! Si informi Antonio che Bruto è stato preso prigioniero.

PRIMO SOLDATO Porterò io la notizia! Ecco il nostro generale. Bruto è fatto prigioniero! Bruto è fatto prigioniero, mio signore!

ANTONIO E dov'è?

LUCILIO È al sicuro, Antonio. Bruto è al sicuro ed io oso affermare che nessun nemico prenderà vivo il nobile Bruto. Gli dèi lo difendano da un'onta così grande! Quando lo troverai, o vivo o morto, lo troverai quale Bruto, e cioè sempre pari a se stesso.

ANTONIO Questo non è Bruto, amici. Ma vi posso assicurare che non è un trofeo di minor valore. Guardatelo bene e usategli

Give him all kindness. I had rather have
Such men my friends than enemies. Go on,
And see where Brutus be alive or dead;
And bring us word unto Octavius' tent
How every thing is chanc'd. [*Exeunt.*

SCENE V

[Another Part of the Field.]

Enter BRUTUS, DARDANIUS, CLITUS, STRATO, and VOLUMNIUS.

BRU. Come, poor remains of friends, rest on this rock.
CLI. Statilius show'd the torch-light; but, my lord,
He came not back; he is or ta'en or slain.
BRU. Sit thee down, Clitus. Slaying is the word;
It is a deed in fashion. Hark thee, Clitus. [*Whispers.*]
CLI. What, I, my lord? No, not for all the world.
BRU. Peace then. No words.
CLI. I'll rather kill myself.
BRU. Hark thee, Dardanius. [*Whispers.*]
DAR. Shall I do such a deed?
CLI. O Dardanius!
DAR. O Clitus!
CLI. What ill request did Brutus make to thee?
DAR. To kill him, Clitus. Look, he meditates.
CLI. Now is that noble vessel full of grief,
That it runs over even at his eyes.
BRU. Come hither, good Volumnius: list a word.
VOL. What says my lord?
BRU. Why, this, Volumnius:
The ghost of Cæsar hath appear'd to me
Two several times by night: at Sardis once,
And this last night, here in Philippi fields.
I know my hour is come.
VOL. Not so, my lord.
BRU. Nay, I am sure it is, Volumnius.
Thou seest the world, Volumnius, how it goes:
Our enemies have beat us to the pit. [*Low alarums.*]

riguardo. Preferisco avere di tali uomini come amici che non come nemici. Avanzate, e vedete se Bruto sia vivo o morto, e quindi portàtemene notizia nella tenda di Ottaviano, con tutti i particolari di quant'è accaduto. [*Exeunt.*

SCENA V

Altra parte del campo.

Entrano BRUTO, DARDANIO, CLITO, STRATONE e VOLUMNIO.

BRUTO Venite, o poveri resti dei miei amici, e riprendete fiato sopra questa roccia.

CLITO Statilio ha bensì accesa la face, ma non è tornato, mio signore: e tanto vuol dire ch'è stato fatto prigioniero o ucciso.

BRUTO Siedi qui presso, Clito. Uccidere è la parola d'ordine. L'atto è diventato di moda. Una parola, Clito. [*Gli mormora qualcosa all'orecchio.*]

CLITO Come? Io, mio signore? No, per nulla al mondo.

BRUTO E allora sia come non detto.

CLITO Preferirei uccidere me stesso.

BRUTO Ascolta una parola, Dardanio. [*Gli mormora qualcosa all'orecchio.*]

DARDANIO Dovrei far questo?

CLITO O Dardanio!

DARDANIO O Clito!

CLITO Quale mala richiesta ti ha fatto Bruto?

DARDANIO Mi ha chiesto di ucciderlo, Clito. Guarda come egli medita.

CLITO Quel vaso di perfezione è ora così pieno d'affanno che, come vedi, ne trabocca dagli occhi.

BRUTO Vieni qui, buon Volumnio. Ascolta una parola.

VOLUMNIO Che dice il mio signore?

BRUTO Ebbene, Volumnio, dico questo: lo spettro di Cesare mi è apparso ben due volte, a notte. Una volta a Sardi e ieri notte qui, nei campi di Filippi. So che la mia ora è venuta.

VOLUMNIO Non così, mio signore.

BRUTO No, son sicuro che è venuta, Volumnio. Tu vedi come va il mondo, Volumnio; i nostri nemici ci hanno cacciati fin sul-

It is more worthy to leap in ourselves
Than tarry till they push us. Godd Volumnius,
Thou know'st that we two went to school together:
Even for that our love of old, I prithee
Hold thou my sword-hilts, whilst I run on it.

VOL. That's not an office for a friend, my lord. [*Alarum still.*]

CLI. Fly, fly, my lord, there is no tarrying here.

BRU. Farewell to you; and you; and you, Volumnius.
Strato, thou hast been all this while asleep;
Farewell to thee to, Strato.– Countrymen,
My heart doth joy that yet in all my life
I found no man but he was true to me.
I shall have glory by this losing day
More than Octavius and Mark Antony
By this vile conquest shall attain unto.
So fare you well at once; for Brutus' tongue
Hath almost ended his life's history.
Night hangs upon mine eyes; my bones would rest,
That have but labour'd to attain this hour.

Alarum. Cry within, "Fly, fly, fly!"

CLI. Fly, my lord, fly!

BRU. Hence! I will follow.

[*Exeunt Clitus, Dardanius, and Volumnius.*

I prithee, Strato, stay thou by thy lord.
Thou art a fellow of a good respect;
Thy life hath had some smatch of honour in it.
Hold then my sword, and turn away thy face,
While I do run upon it. Wilt thou, Strato?

STRA. Give me your hand first. Fare you well, my lord.

BRU. Farewell, good Strato.– Cæsar, now be still;
I kill'd not thee with half so good a will. [*Dies.*]

Alarum. Retreat. Enter ANTONY, OCTAVIUS, MESSALA, LUCILIUS, and the Army.

OCT. What man is that?

MES. My master's man. Strato, where is thy master?

STRA. Free from the bondage you are in, Messala.

l'orlo dell'abisso. Ed è più degno di noi saltar dentro all'abisso da noi stessi che non aspettare d'esservi spinti. Buon Volumnio, tu sai che noi due siamo andati a scuola insieme: e per questo nostro vecchio affetto, ti prego di tenere ben ferma l'elsa della mia spada mentr'io mi getto sopra di essa.

VOLUMNIO Questo non è un servizio da amico, mio signore.

CLITO Fuggi, fuggi, mio signore! non c'è tempo da perdere, qui!

BRUTO Addio a te, a te, e a te, Volumnio! Stratone, per tutto questo tempo hai continuato a dormire! Porgo il mio addio anche a te, Stratone! Concittadini, il mio cuore si rallegra al pensiero che, in tutta la mia vita, non ho ancora incontrato un uomo che mi mancasse la fedeltà. Da questa sconfitta io m'attendo più gloria di quanta Ottaviano e Marc'Antonio non se ne possono aspettare per la loro vittoria meschina. E così tutti vi saluto, in fretta. Poiché la lingua di Bruto è sul punto di terminare la storia della sua vita. La notte incombe sopra i miei occhi: le mie ossa anelano al riposo, dopo aver tanto tribolato in attesa di quest'ora.

Allarme. Grida di dentro: « Fuggi, fuggi, fuggi! ».

CLITO Fuggi, mio signore, fuggi!

BRUTO Andate prima voi! Vi terrò dietro. [*Exeunt Clito, Dardanio e Volumnio.*] Io te ne prego, Stratone, resta ancora per un tratto vicino al tuo signore. Tu sei un giovane degno. La tua vita ha avuto sempre attorno a sé un qualche sapore di gloria. Tieni dunque ben ferma la mia spada e volgi il tuo viso dall'altra parte, mentr'io vi corro incontro. Vuoi, Stratone?

STRATONE Datemi prima la mano: addio, mio signore.

BRUTO Addio, buon Stratone. [*Si getta sulla spada.*] Cesare, sei placato alfine. Io non t'ho ucciso a metà così volentieri. [*Muore.*]

Allarme. Ritirata. Entrano ANTONIO, OTTAVIANO, MESSALA, LUCILIO e Soldati.

OTTAVIANO Chi è costui?

MESSALA È il servo del mio signore. Stratone, dov'è il tuo padrone?

STRATONE È libero, ora, dal servaggio nel quale tu ti trovi an-

The conquerors can but make a fire of him;
For Brutus only overcame himself,
And no man else hath honour by his death.
LUCIL. So Brutus should be found. I thank thee, Brutus,
That thou hast prov'd Lucilius' saying true.
OCT. All that serv'd Brutus, I will entertain them.
Fellow, wilt thou bestow thy time with me?
STRA. Ay, if Messala will prefer me to you.
OCT. Do so, good Messala.
MES. How died my master, Strato?
STRA. I held the sword, and he did run on it.
MES. Octavius, then take him to follow thee,
That did the latest service to my master.
ANT. This was the noblest Roman of them all.
All the conspirators save only he
Did that they did in envy of great Cæsar;
He only, in a general honest thought
And common good to all, made one of them.
His life was gentle, and the elements
So mix'd in him, that Nature might stand up
And say to all the world, "This was a man!"
OCT. According to his virtue let us use him,
With all respect and rites of burial.
Within my tent his bones to-night shall lie,
Most like a soldier, order'd honourably.
So call the field to rest, and let's away,
To part the glories of this happy day. [*Exeunt omnes.*

cora, o Messala. I vincitori, di lui, non possono ora fare altro che un rogo, perché soltanto Bruto poté vincere se stesso, e nessun altro uomo potrà mai più gloriarsi della sua morte.

LUCILIO Così si sarebbe dovuto trovare Bruto. Io ti ringrazio, Bruto, perché hai potuto dimostrar vero quanto Lucilio aveva predetto.

OTTAVIANO Tutti coloro che hanno servito Bruto intendo prenderli ora al mio servizio. Giovanotto, vuoi tu dedicare a me il tuo tempo?

STRATONE Sì, ma solo se Messala mi raccomandi a te.

OTTAVIANO Vedi di raccomandarlo, buon Messala.

MESSALA Come è morto il mio signore, Stratone?

STRATONE Ho tenuto in mano la sua spada, ed egli vi si è gettato sopra.

MESSALA E allora, Ottaviano, prenditi pure questo giovane che ha reso l'ultimo servizio al mio signore.

ANTONIO Questi fu il più nobile di tutti i romani. Tutti gli altri congiurati han fatto quel che han fatto per invidia del grande Cesare: non lui. Egli solo, col pensiero al bene generale dello stato, e a vantaggio di tutti, s'è unito a loro. La sua vita è stata magnanima. E gli elementi si trovarono in lui così commisti che la natura poté levarsi per proclamare a tutto il mondo: «Questi era un uomo».

OTTAVIANO Trattiamolo dunque con ogni onore, come si addice alle sue virtù, e decretiamo che gli siano concessi solenni riti funebri. Le sue ossa riposeranno stanotte nella mia tenda, come quelle di un soldato, e saranno trattate col rispetto che a un soldato si deve. Annunziate il riposo per tutto il campo, e andiamo a condividere le glorie di questa fausta vittoria.

[*Exeunt omnes.*

SOMMARIO

Finito di stampare nel marzo 2017 presso
Rotomail Italia S.p.A. – Vignate (MI)
Printed in Italy

Rizzoli
LIBRI

ISBN 978-88-17-12294-8